慾情の鎖

Chain of a desire

橘かおる
KAORU TACHIBANA presents

イラスト／乃一ミクロ

CONTENTS

本作品の内容はすべてフィクションです。
実在の人物・地名・団体・事件などとは一切関係ありません。

「なぜ視えない……」

焦燥感でいっぱいの眼差しで、清家佳彦（せいけよしひこ）は精緻な美貌を歪（ゆが）め、狂おしく周囲を見回した。百七十センチを少し越える痩身だが、全身にしなやかなバネの感じられる身体つきは、長年剣道で鍛えたものだ。

高校時代は姫とまで言われた、女性に見まがうばかりの美貌は、切れ長の鋭い光を宿した瞳で軟弱とは一線を画している。もっとも姫といっても、太刀筋の鋭さから夜叉姫（やしゃひめ）の類ではあったのだが。

二十七歳になった今は、祖父から譲られた道場を守り、少年から年配者まで数多の門弟を抱える道場主だ。

その門弟の一人である、小学二年の川内悠真（かわうちゆうま）が行方不明だと知ったのは、ほんの二時間ほど前だった。実際は、最後に目撃されてからすでに二日が経っている。

犯人を刺激しないように報道協定が結ばれていたが、ネットで拡散され、やむなく公開捜査に切り替わったらしい。犯人の手がかりは今もないと、ニュースは伝えていた。

佳彦にとっては青天の霹靂（へきれき）だった。が、すぐに自分なら悠真を捜せることに思い当たる。

自身が持つ特殊な力、何かを視たいと強く念じたとき、まるでスクリーンに映る映画のように、それに関係のある出来事を視ることができる透視能力。

そのときの体調や想いの強さ、時間の経過などの諸条件によって、現れる映像の質に変化はあるが、力は確実に発動する。自分にこんな力が備わったきっかけは、今でも思い出したくない少年期の忌まわしい事件のせいだ。

悠真は、そのときの自分と同じ年齢。なんとしても無事に助け出したかった。自分ならできるはず。そう思うことで、嫌悪していたこの力に初めて感謝した。

今いる公園脇の通路は、悠真が最後に目撃された場所だ。公園内にいた年配の女性が、ランドセルを背負った少年を見たと証言している。時間的に、友達と別れて自宅に帰る悠真に間違いなかった。

だがこの先にあるコンビニの防犯カメラに、悠真の姿はない。だから異変が起こったのはここからコンビニまでの間なのだ。

佳彦は、道場に置かれていた悠真の道具袋につけられていた鈴を手にやってきた。何を視たいか明確にするためには、当人の縁となるものが必要だ。さもないと映像がぶれ、視点が定まらない。カメラのピントを合わせるようなものだ。

だが、鈴を握り締め何度透視能力を発揮しようと試みても、期待したようには視えないでいる。白い靄（もや）の中で、人や物の形がぼんやりわかるだけだ。

二日経っているせいか、あるいは長く封印していたせいで力が弱くなってしまったのか。

もしくは、悠真が攫われたのがここではなかったか。

「落ち着け。絶対に視えるはずなんだ。自分を信じろ」

言い聞かせ、深呼吸して少し場所を移動する。そして何気なく歩道側のガードレールに触れた、その瞬間だった。佳彦の眼前に、悠真の姿が浮かんできた。まるで映像を見るのと変わらないほど鮮やかに。

おそらくこのガードレールに悠真が触れたのではないか。気配が濃厚な方が、ピントは絞りやすい。

小学二年の悠真は、元気で活発な少年だ。佳彦の脳裏に再生された映像の中でも、ランドセルを揺らしながら楽しそうにスキップしている。

「悠真……」

ガードレールに触れたまま目を閉じた。悠真との接触が切れないように眉間に力を込めて行方を追う。

白い車がすーっと悠真に近づき、停止する。どうやら道を聞かれているようだ。と、助手席のドアが開いて、悠真が車に乗り込んだ。わからないから教えてくれとでも言われたのだろうか。

「馬鹿、なんで乗るんだ」

知らない人の車に乗ってはいけないと、学校でも繰り返し注意されているだろうに。

もしかして顔見知りだからか？

その疑いを抱きながら、佳彦はさらに悠真に焦点を合わせる。と、少し走った空き地に車が乗り入れ、そこで停まった。運転席から若い男が出てきて助手席に回り、ぐったりした悠真を抱え上げる。

何をされたのか、悠真は意識がないようだ。

まさか死……。

佳彦は慌てて不吉な考えを押しやり、男に視点をずらした。男は空き地に停めてあった黒い車に乗り込み、幹線道路に出て行く。

さらにその先を追いかけようとした佳彦だが、距離がありすぎたのか時間の経過か、映像はぼやけていき、やがて消えてしまった。かろうじて車の番号は読み取れたのだが。

不審な白い車がコンビニの防犯カメラに映っていたことから、警察は現在その車を探している。だがすでに黒い車に乗り換えているのだから、見つかるわけがない。

「すぐに警察に……」

急ぎ足で自分の車に戻ったときだ。いきなり佳彦の心臓がどくんと跳ねる。そのままどっどっどっと激しい鼓動を刻み始めた。腰の奥に覚えのある感覚が走る。いきなり前がきつくなった。触りたくて手が下半身に伸びていくのを、慌ててもう一方の手で止める。

「……っ、きた！」

全身に震えが走り、汗が滲(にじ)んできた。耐えがたく腰が疼(うず)く。震えながら車に手をついて身体を支え、奥歯を噛(か)み締める。

「早すぎる……、くっ」

力を使ったあとの後遺症だ。尋常でない集中力を要した反動なのか、身体が異様に昂揚し、熱が上がる。まるで媚薬(びやく)を飲んだときのように、耐えがたい疼きが身体中を荒れ狂うのだ。放出を求めて熱が集まってくる。

しばらく封印していたから、これのひどさを失念していた。もう少し余裕があると思っていたのだ。こんなに急激に高まるとは予想外だ。

なんとか車に転がり込み、せめて通報だけでもと携帯電話を取り出す。だが、したい出したいというはしたない欲求ではち切れそうな頭では、まともな思考などできはしない。なんのためにこれを取り出したのかと、ぼうっと眺めている始末だ。

側をバイクが通り過ぎた轟音でようやく我に返った瞬間、何をしているんだと唇を噛む。その痛みでなんとか理性を引き戻し、ようやく番号を押したものの、通話ボタンを押すのを躊躇(ためら)った。

まともな声が、出るだろうか。

試しに喋(しゃべ)ろうとしたら、喘(あえ)ぐような息遣いが、まさに不審者の電話そのもの。それでなくても説明が難しい通報なのに。

駄目だ。佳彦は電話を切り、ハンドルに頭を伏せた。

今のこの状態を少しでも脱して、落ち着いた声で話せるようにならないと、相手を信じさせることはできそうもない。

さらに強く唇を噛む。口の中に鉄錆(てつさび)の味が広がった。強くしすぎて唇が傷ついたようだ。それでも身体の中から湧き上がる欲望は滾(たぎ)るばかり。股間を熱く昂(たかぶ)らせ、佳彦を悶(もだ)えさせる。

こんな所で自慰をするのか……。

羞恥が佳彦を躊躇わせる。通りすがりに覗(のぞ)き込まれたら、猥褻(わいせつ)行為であっという間に通報されるだろう。だがやらなくては。一刻も早く悠真を助けるために。

一度放出したら少しは余裕ができるはずだ、というかそう信じたい。タオルか何かを腰にかけて隠せば……。

助手席に投げていたジャケットを引き寄せて局所を覆い、そろそろと手を股間に伸ばしていく。欲望と自制と焦燥の葛藤の中で、指が股間に触れた、その瞬間だった。

「どうかしましたか」

不意にかけられた声に、ぎくりと身体が固まる。触れた手もそのまま止まった。そろりと視線を向けると、男が一人中を覗き込んでいた。長身でがっしりした体格の男だ。年は自分と同じか少し上あたり。

目が合うと、男は眉間に皺を寄せ心配そうな顔になる。

「汗びっしょりだ。熱があるのかな。救急車を呼びましょうか？」

鼓膜を震わせるような低めの声に、背筋がぞくりとした。腰のあたりから這い上がる震えを堪え、喘ぎ声になりそうなのをなんとか押しとどめる。

「いえ」

親切な提案だが、呼ばれたらとんでもない恥ずかしい事態になってしまう。佳彦は首を振って拒絶の意志を示した。その僅かな動きですら、欲情をさらに倍加させる。びりびりと何度も背筋に電流が走り、必死に歯を食い縛った。

「どこが悪いんだ？　身体が辛いのに意地を張っている場合じゃないだろう」

男の口調が叱るようなものに変わった。黙っているからますます心配になったらしい。急いたように身を乗り出してくる。

親切で声をかけてくれたのはわかる。だが今の佳彦にとってはありがた迷惑だ。返事をするのすらままならないのに。

今すぐどこかに行ってくれ、頼むから放っておいて。佳彦は切実にそれだけを願う。だが男は立ち去る気配を見せない。何か言わなくては男を追い払うのは難しそうだ。お節介め。

理不尽だとわかっていても、男への苛立ちが込み上げる。だからわざと敬遠されそうな言葉をぶつけた。

「催淫剤を、飲まされた。落ち着けば、収まる。かまわず、行ってくれ」

「……催淫剤？」

呆然とした声だ。それでいい。薬物と関わりがあるとわかれば怖じ気づいて遠ざかるだろう。

と思ったのに、男はいきなりドアを引き開け、乗り込んできた。必然的に佳彦は助手席に追いやられる。今度呆然としたのはこっちだった。

「な、何をする……」

抗議したが、無視される。

「キーレスか」

男は呟いてスタートボタンを押した。エンジンが始動する。

「シートベルトをしろ」

命令口調にかちんときた。

「勝手なことをするな……っ」

食ってかかる佳彦に舌打ちすると、男は身体を乗り出して佳彦を座席に押さえつけ、シートベルトを締めた。大柄な男の身体がのし掛かってきて、無意識に身体が逃げる。

圧倒的な熱量、そして鼻先を掠める微かな汗と男の匂いに身体が反応する。鮮烈な快感が背筋を貫いた。危うくイきそうになる。腿に指を食い込ませ、痛みでなんとか堪えた。

「もう少し頑張れ」

男の励ましの言葉が遠く聞こえる。言われなくても頑張っていると、奥歯を噛み締めた。だがいつまで耐えられるか。

相手が車をスタートさせると急発進に身体がふらつき、シートベルトが乳首を掠めた。喘ぎ声が出かけたのを、ぎりぎりで押し殺す。

男が減速しウインカーを出してハンドルを切った。どこに行く気だ、と顔を上げた佳彦は、目の前の建物に息を呑む。

男が乗り入れたのはラブホテルだった。車でそのまま入ることができるタイプで、これなら男同士でも咎められることはない。

車が停まっても動けなかった佳彦は、先に清算を済ませた男に抱えられるようにして階段を上がった。部屋に入り、壁に囲まれた場所に行き着いたことにほっとする。すでに下着は先走りで色が変わるほど濡れそぼっていた。限界はとうに超えている。

「ここならいいだろう。俺は車にいる。落ち着いたら降りてこい」

と言って出て行こうとする男の腕を、佳彦は咄嗟に摑んでいた。摑んだあとで自身の行動に鼻白む。何をするつもりだったのか。

「どうした、俺はいない方がいいだろう？　出せば収まるんじゃないのか」

直接的な言葉に唇を嚙む。その通りだ。男を引き止める理由なんてない。だから手を放せと頭が命じているのに、逆に男の腕を摑んだ指にさらにきつく力を入れてしまう。

「もしかして、俺の手が必要か？」

男が訝りながら聞いてくるのに、返事ができない。諾とも否とも言えないのは、佳彦の心が葛藤を繰り返しているからだ。

完全に出し尽くさなければ身体の疼きは収まらない。だが自慰ではそこまで持っていくのにかなりの時間がかかる。短時間でと思うと相手がいる方がいいのはこれまでの経験でわかっていた。

しかし、この男にそれを求めるには、羞恥と矜持が邪魔をする。

すでに欲情していることは知られているのに、今さら男がどう思うか気にしてどうする。優柔不断の自分が情けない。

そう思うのに、あと一歩が踏み出せなかった。

「俺が必要なら、そう言ってくれないと」

困惑したような男の言葉に、佳彦はようやく顔を上げた。

言葉にできないのなら、せめてこの目で訴えよう。以前言われたことがある。佳彦の誘惑には、女も男も逆らえる者などいないと。

いつもはきつい瞳が潤みを帯びると、壮絶な艶が出る。深淵(しんえん)を見るようだと称されたこともある。吸い込まれそうな磁力があると。

そのときは馬鹿らしいと一笑に付したが、もしそれが本当なら。相手を見るだけで訴えることができるのなら。今こそ悠真のためにもその力を発揮すべきときだ。

無言のまま佳彦は男をじっと見つめた。

男がふっと笑う。

「ぞくぞくするな、その瞳は。雄弁すぎて怖いほどだ。誘われていると思っていいのか」

覗き込まれて問われ、なんとか言葉を絞り出す。

「できれば、助けてほしい。男同士でも構わないなら」

「わかった」

男は佳彦の頬を撫でてからその手を滑らせ、耳や項に試すように触れてくる。

「綺麗だな。こんなところも繊細に整っている。しかも女よりも滑らかな肌だ」

感嘆したように言われ、肩を押された。されるまま身体を預け、ベッドに横たわる。綺麗だと褒められるのは不本意だが、誘惑が成功したと思えば我慢もできる。

切羽詰まった部分がまたとろりと蜜を零した。下着が濡れる感触に眉を寄せる。

「どうすればいい？　男は初めてなんでね。教えてもらわないと」

「脱がせてほしい。それから触って……」

囁くように男の手をシャツのボタンに誘う。欲情して濡れた目で男を見つめながら、佳彦はベルトを外し前を開こうとした。指が震えるのに苛つく。ようやく解放されるというのになんでここでもたつく……っ。

男が佳彦の手を押し退け前をくつろげてくれた。

「……色が変わっている。これはきついな」

同じ男だから苦境がわかるのだろう。手早く下着とズボンを下ろされた。ふるりと現れた昂りが空気に触れると、一気に射精感が込み上げる。もういいのだと思うと勢いが止まらなかった。危うく手で押さえた途端、最初の絶頂が訪れる。

「あ、くっ」

かろうじて嬌声(きょうせい)は呑み込んだ。大きく胸を喘がせ、荒い息を繰り返す。手探りでティッシュを探していたら、男が手首を掴み濡れた指をじっと眺めてきた。何をする気かと絶頂の余韻に蕩(とろ)けた瞳を向けると、男の身体がぶるりと震える。

「やばい、その流し目は色っぽい」

流し目のつもりではなかったが、相手がそう感じたのならそれでいい。誘惑に乗ってもらわないと困るのだ。

男が急いたようにシャツを捲り上げ、蜜で濡れたままの佳彦の手を腹や胸に押しつけてきた。塗り伸ばしてから、またじっと見つめてくる。

「てらてらしてる、なんか卑猥だな」

喉から腹まで指でなぞられ、鳥肌が立った。イったばかりの昂りがまた力を持ち始める。

荒い息をつきながら男を見上げた。

「できそうか」

男はにやりと笑って佳彦の手を取ると、自らの股間に導いた。硬く盛り上がった中心が触れる。

「これでできないとは、言えないだろ」

「だったら早く。……足りない、欲しいんだ」

時間がないとは心の中で。

誘えるものならと、わざと唇を嘗めてみせる。男のベルトに触れて外そうとすると、男は急いたようにばさばさと服を脱いでいった。

躊躇いもなく手を動かしていた男が、最後の一枚を下ろそうとして止める。

「念のために確認だが、これは合意だな」

なぜそこで聞く、と呆れながらも「合意だ」と肯いた。

「よし」

男が下着を取り去ると、すでに形を変えていた昂りが現れる。体格に見合った立派な代物だ。男は羞恥も見せずに裸を曝したまま、佳彦のシャツを剥ぎ取り、乗り上げてくる。互いのモノが触れ合い、快感の波が広がった。気持ちいい。自分からも腰を押しつけて夢中で揺すっていた。男を受け入れたいと、腰の奥が疼く。

下半身を密着させながら、男の手が喉、肩、胸と触ってきた。乳首を抓まれる。びりっと電流に触れたような刺激が走り「あっ」と仰け反った。弾みで昂りから蜜液が零れる。先ほど達したせいもあって下生えまでぐっしょりだ。

それから？　と聞かれて、佳彦はのし掛かっていた男の身体を押す。胸の突起をいたず

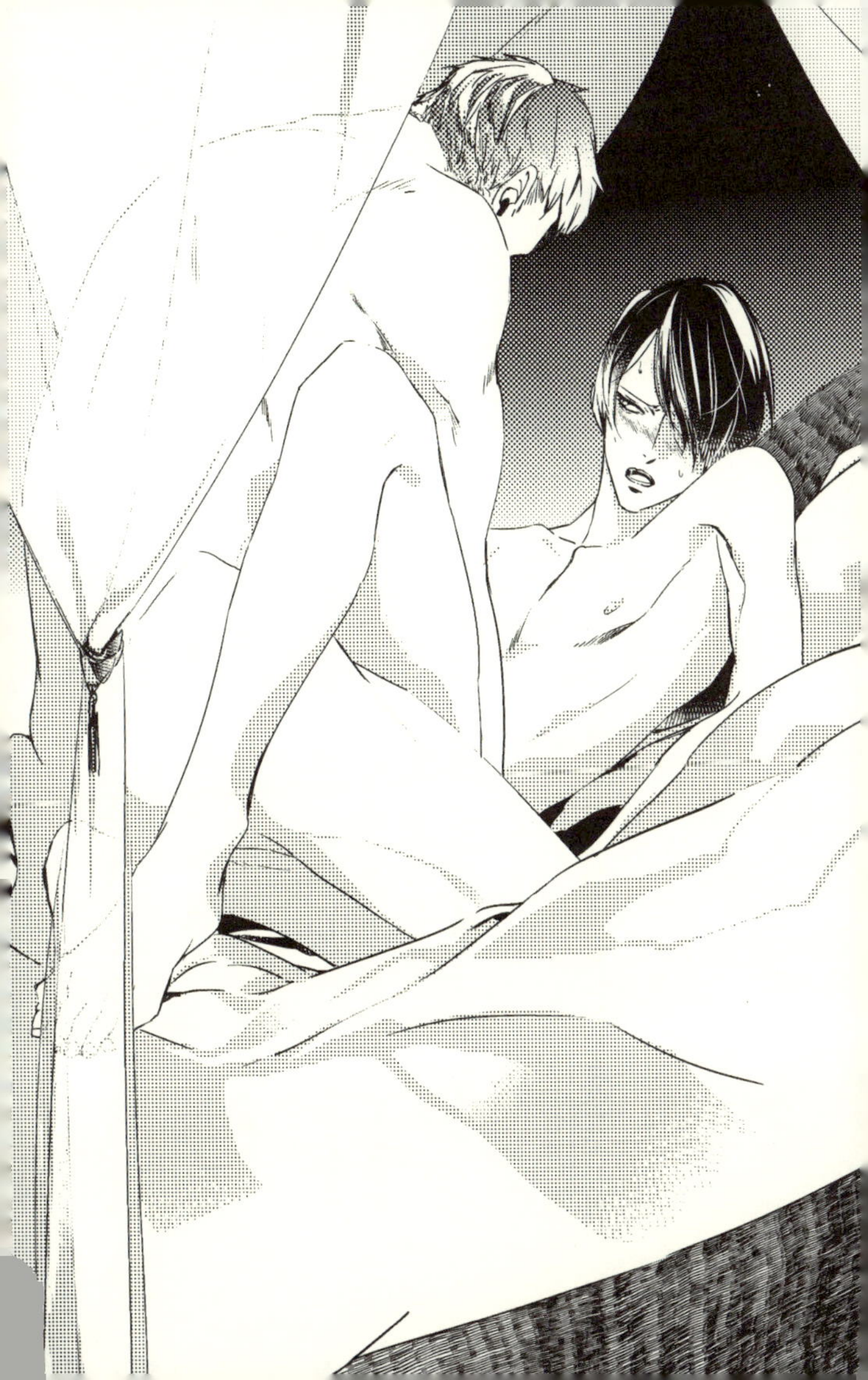

らしていた男が、ん？　というように覗き込んできた。それをさらに下から押して空間を作ると、身動いで向きを変え俯せた。

腰を高く掲げる卑猥な姿勢を自ら取り、尻たぶに手をかけて広げる。

「抵抗がなければ、ここに挿れてほしい」

「……入るのか」

きつく窄まった蕾を見て、さすがに男が躊躇している。佳彦にしても男を誘うためとはいえ、こんな恥ずかしい真似はしたことがない。そもそも最後に力を使ったのはかなり前なのだ。慣れるはずがない。それを悟られないように、経験豊富な様を装う。

「ローションがあるはずだ。コンドームも。それを使って後孔を解してくれれば……。できないなら自分でやる」

「わかった。俺がやろう」

男は言われたものを取り出して、ローションのキャップを外す。粘性の液を掌に押し出して、後孔に運んでいった。塗りつけながら指で解そうとする。

「……っ。コンドームを指に」

直に触ろうとするから、慌てて腰を引き後ろを振り向いた。

「どうしてだ？」

あっけらかんと聞き返されて口籠もる。

「そこは、その……。嫌ではないのか」

「別に。コンドームを指につける方が鬱陶しい。中の様子がわからないだろう?」

「しかし……」

「いいからさせろ」

最後は強く押し切られた。男は濡れた指で後孔の周りを刺激し、すでに開閉を始めていた場所に押しつけてきた。蕾は抵抗もなく男の指を呑み込んでいく。

「お、スムーズだな。……このあたり、ここかな」

「ひっ、やぁ……っ、あっ」

内壁を探られ、いきなり身体ががくんと仰け反った。びりびりっと凄まじい快感が走り抜ける。

「ああ、ここだったんだ」

男は満足そうに肯き、何度もその周辺を内側から押したり引っ掻いたりした。

「やめ……ろ、やめ……、んっ、あ……っ」

やめてほしいと訴えているのに、男は指を増やしさらに熱心に弄り出す。佳彦は身を捩り悶え、全身を快感で粟立たせながら、ひっきりなしに濡れた声を上げる羽目に陥った。

「も、いいから、挿れて、くれ……、指じゃなくて、……頼む」

　淫らに開閉する蕾を至近距離で見られているのはわかっていても、男の前で物欲しげに揺れる腰を止められない。さらに啼き声も、嬌声も。

　矜持の高い佳彦には我慢ならないことだ。自分で自分が制御できない状況に耐えられない。だから早くこの痴態を終わりにしたくて、男を煽る。

「まだ三本だが……」

　中に挿れた指を広げたり曲げたりして内壁を刺激し続けていた男が、懸念を滲ませながら首を傾げた。

「いいと言ってるっ」

　堪りかねて声を荒らげた。

「そうか、だったら。俺もそろそろ限界だし」

　ようやく男が指を引き抜いた。途端に締めつけていたモノを失って喪失感を味わう。物欲しげに収縮する後孔を制御できない。後ろを刺激されている間にも、前からはぽたぽたと蜜液が零れていた。

「挿れるぞ。きつければ言ってくれ。止められるかどうかわからないが、努力はする」

　そう告げながら、男が性器を押し当ててきた。熱塊が狭い入り口を掻き分けるようにして入ってくる。

息を吐き、身体の力を抜くように努めた。ずぶずぶと男のモノがめり込んでくる。さすがに苦しい。解されていたから傷つきはしないだろうが、圧迫感が半端ではなかった。

「きついなあ。もう少し緩めろよ。入んないだろ」

男が不満そうに言う。こちらが経験豊富と思い込んでいるからこその台詞だ。苦笑を誘われる。ふっと笑ったおかげで、強張っていた身体から力が抜け、男の下腹が密着した。全部、入ったのだ。

「……動いても大丈夫か」

少し時間を置いて尋ねられる。佳彦の中が馴染むのを待っていたらしい。肯くと、男がそろりと腰を揺すった。最初から激しく動かないところに、男の気遣いを感じる。

何度か小刻みに腰を動かし大丈夫そうだと確認してから、ようやく男が本格的に抽挿を開始した。引いていく熱塊に佳彦の内壁が追い縋る。纏わり付き絞り込む。

「……きつっ。このまま昇天しそうだ」

男が息を呑んだ。きつい締めつけがかなりよかったらしい。太い息を吐き、佳彦の腰をしっかりと捉まえると、リズミカルに奥を突き始めた。指で確認した感じる場所を抉るのも忘れない。

佳彦もつられて自分から腰を揺らしながら、込み上げてくる喘ぎ声を懸命に堪えていた。

「声、出せよ」

背後から男が掠れた声で言ってきた。項に吐息がかかり、ぞっと総毛立つ。

「冗談。男の、声など、気色悪い、だけだ」

途切れ途切れに言葉を押し出すと、男が笑った。

「そんなことはないぜ。嬌声を聞けばこっちも奮い立つ。押し殺した喘ぎ声もいいけどな」

「嘘、ばかり」

「嘘じゃないって。一緒にイこうか」

まるで恋人同士のようなことを言って、男が手を前に回してきた。はち切れそうな前を握られる。それだけで、佳彦は耐えきれずに放っていた。感じる所を重点的に攻められれば、我慢できるはずがない。

「うわっ、ヤバイ」

男が呻いた。達した衝撃で佳彦の内部が収斂し、男の剛直を絞り上げたのだ。膨らんだそれが中で弾けるのを感じた。二度三度、強く腰を突き込んだあと、男が腰を引く。ちゃんとゴムをしてくれていたから、佳彦の中は汚れていない。

突っ伏して呼吸を整えていると、

「また大きくなっている。まだクスリは抜けないか」

自身の後始末をしようとした男が、再び力を持ち始める佳彦の昂りを見て深刻そうに聞いた。

「大丈夫、あとは自分で……」

続けざまにイったことで、だいぶ楽になっている。なんとかなりそうだ。

「冗談だろ。最後まで面倒みるというか、みさせてくれ。俺の方が収まりがつかない」

有無を言わさず、男が佳彦の身体を仰向けにしてのし掛かってきた。

「ちょっ、何を」

「どうせなら今度は顔を見ながらやりたい。絶品だろうな、あんたのイき顔」

「悪趣味な……、よせ」

佳彦の制止も聞かず、男は片方の脚を抱え上げる。もう一方も押し上げて、恥ずかしい体勢を取らせる。大きく脚を広げて固定され、文句を言おうとしたら、その前に男のモノが秘処に触れた。そのままぐっと押し込まれる。

「ああっ」

勢いよく剛直が入ってきた。最奥に達するとすぐさま引いて、敏感になっている媚肉を擦り上げる。再び膨張した昂りが、男の大きな手で掴まれ扱かれた。強めの刺激が気持ちいい。中を擦られながら手で技巧を尽くされ、ひとたまりもなかった。

一気に押し上げられた絶頂で蜜を噴き上げ、意識を飛ばす。だが、強い締めつけを耐えた男に再び奥を突かれて揺さぶられ、イった昂りがまた熱を持つ。

まともな思考はどこかに飛んでいた。佳彦の内壁は嬉々として男のモノを迎え入れ貪り、勝手に痙攣する身体を止められない。

男の執拗な熱い眼差しを感じた。イくときの顔、感じ入った淫らな顔をじっと見られている。羞恥で頬が紅潮した。

「……壮絶に色っぽいな。嵌まりそうだ」

男がため息と共に呟く。佳彦の肉筒の中で男の体積が増した。

それから何度蜜を吐き出したのか、男が達したのか、自分でもわからない。気がつくとベッドに一人で横たわり、シャワーの音を聞いていた。

男とのやり取りはぼんやりと覚えている。

『もう勃たないな。搾り取られて空っぽだ。さぞや太陽が黄色く見えることだろうぜ』

男が吐いた言葉。その後、佳彦の後始末をしてくれてから、男もシャワーを浴びにいったらしい。身体はくたくただが、性欲は綺麗に消えていた。まさに限界まで、男は付き合ってくれたようだ。

そろりと半身を起こす。身体が重いのは、荒淫のあとだからある程度はやむを得ない。剣道で鍛えた身体だから動けるのだろう。

起き上がって脚を下ろしてみる。さっと立ち上がると膝ががくがくし、慌てて壁に手をついて支えた。今度は慎重に手を離す。ゆっくりとならなんとか動けそうだ。

悠真、すぐ助けてやるからな。

服を身につけると心許ない思いが少し減った。強引に連れ込まれたが、男の献身には心から感謝している。一言もなく置き去りにするのは失礼だろう。

急ぎの用があるからとメモを書き残し、ホテル代と一緒に枕許に置く。ポケットにある車のキーを探りながら部屋を出て、ドアを閉ざそうとした手が止まった。最後まで名乗り合わなかったし、どこの誰とも知らないままだ。おそらくここを出たら二度と会うことはないだろう。

本当にこのまま行っていいのか。

言葉にはしづらいが、佳彦を引き止める何かがあった。どうして心が揺れるのか。自分でもわからず躊躇っていたが、バスルームの水音が止まったのを聞いて慌ててドアを閉ざした。

視線を戻しきっぱりと背を向ける。外付けの階段を下り車に乗ると、ホテルをあとにした。通りを横切って脇道に入り角を曲がり、ホテルから十分に離れてから警察署を目指す。受付で、当初佳彦は丁寧に遇された。悠真についての情報があると告げたからだ。だがそれからすぐ、佳彦は怒りで頰を紅潮させながら警察署を飛び出すことになった。最初は熱心に聞いてくれていた相手が、途中からこちらを疑う素振りを見せたからだ。車の番号や車体の下部に擦り傷があることなど、あまりに詳細に伝えたせいで犯人の関係者と疑われたらしい。誘拐したものの仲間割れして、自分は無関係の顔をして密告しに来たと。

一度疑いを持つと捜索の指揮を執っている課長はしつこかった。佳彦のアリバイを聞いたり、少年愛好者でないかと遠回しに誹謗（ひぼう）したり、さらには本当は犯人の居場所を知っているのではないかと探りを入れられたり。

同席した部下の刑事が止めても執拗に問い質し、佳彦を苛立たせた。捜査を開始してほしい一心で答えていたが、それにも限度がある。席を外した課長が、任意で拘束してみるかと部下の刑事に話しているのを耳にして、切れた。

冗談じゃない。拘束などされて堪るものか。こうなったら自力で捜す。

部屋を出て、ちょうど来ていたエレベーターに乗った。

「あ、ちょっと待ちなさい」

佳彦がエレベーターに乗ったのに気づいた刑事が、慌てたように追いかけてきたが、その面前でドアが閉まった。いい気味だ。

一階に下り、怒りのあまり無表情になって凄みが出た顔で、玄関を目指す。前をよく見ていなかったせいで、外から入ろうとした男に正面衝突しかけた。持ち前の反射神経でなんとか避けたが、勢いがよすぎて蹈鞴(たたら)を踏む。

つんのめった身体を相手が支えてくれて、辛うじて転ばずに済んだ。

礼を言おうとして顔を上げた佳彦は、驚いて目を見開いた。こんな偶然があるだろうか。ついさっきホテルで抱き合った男ではないか！　相手も佳彦を見て固まっている。

どうしてここにというのは、おそらく共通の疑問だっただろう。

しばし見つめ合ったあとで、追いかけてくる足音に気がついた佳彦の方が先に我に返った。男に摑まれたままだった腕を振り払い、自分の車に向かう。

止められる理由はないと思うものの、難癖をつけて強引にされる可能性はある。とにかくこの場を離れるべきとの判断だった。

車に乗り込みエンジンをかけたら、助手席側のドアが開けられ、男が乗り込んできた。

「な……っ」

驚いて男を睨む。

「ついて行けと言われたんだ。悪いな。かまわないから出してくれ」

「わたしがかまう。出せと言われて素直に出すわけがないだろう。降りろ」

「いいから出せって。俺を乗せてないといろいろ不都合が起きるぜ。強制的に降ろすのは、あんたには無理だろ?」

半ば脅しの言葉に、佳彦は唇を噛んだ。体格も違うし、さっきの課長の様子では、男に手を触れた時点で公務執行妨害とかもありそうだ。

しぶしぶギアを入れアクセルを踏み込みながら、ちらりと男を見る。

「刑事なのか?」

「ああ」

「名前は」

「佐伯だ。佐伯一郎。あんたは清家佳彦というんだそうだな」

「……わたしに同行しろというその理由を聞いたのか」

「いや、そんな余裕はなかった。誘拐事件に関わりがある、あとを追え、目を離すなとだけ。課長、焦って怒鳴っていたな。……川内悠真を知っているのか」

「悠真はうちの道場の門弟だ」

「道場の……。剣道か？」

「ああ」

「それで何をやったんだ？　あんた。課長のあの剣幕では、あんたが容疑者かと思ったぜ」

探りを入れる佐伯に、佳彦は冷ややかな眼差しを向けた。

「馬鹿なことを言うな。わたしは悠真の情報を持ってきただけだ。早く捜し出してほしい一心で。それなのに、知りすぎていると疑われた」

「それは、悪かったな。うちの課長は思い込みが激しい性格で……。それなりにいいところもあるんだが」

課長を庇（かば）いながらも困ったように口籠もり、咳払（せきばら）いして話題を変えてきた。

「それで、これからどうするんだ」

「警察が動いてくれないなら、わたしが捜し出す」

「どこへ行く気だ？」

佳彦は唇を引き結び、返事を拒んだ。言ってもどうせ信じない。

頑なな表情にそれ以上聞き出せないと察したのだろう、佐伯が嘆息した。この程度のやり取りでは、さっぱり意味不明に違いない。じりじりする気持ちが伝わってくる。

佐伯はその後ももの問いたげにこちらを見ていたが、しつこく尋ねることはしなかった。ひとまず佳彦の行動を見守ることにしたようだ。

佳彦は運転しながら内心で自嘲していた。よりによってこの男が刑事だったとは。いったいこれはどういう巡り合わせなのか。

自ら晒した痴態が頭を過ぎるのを、断固として退けた。今は悠真のことだけだ。

右へハンドルを切りながら、佳彦はちらりと佐伯に視線を走らせる。視点を変えてみれば、刑事が同行するのは都合がいいかもしれない。おおっぴらに職務質問や身体検査、あるいは家宅捜索ができる。

警察のやり方には今も腹が立っているが。

あれこれ考えているうちに、悠真が誘拐された公園に着いた。そこから透視したとおりに車を走らせる。コンビニの前を通り過ぎ、右折し、しばらく直進してから左折すると、空き地があった。

佳彦はスピードを緩め、空き地の中へ入っていく。

「あった……」

小さく呟いて、白い車の隣に車を停めた。この先は、もう一度力を使って視なければならない。警察が自分の言葉を信じてナンバーを調べてくれれば、ここから走り去った黒い車の持ち主をすぐに特定できたはずなのに。

頑迷なあの課長には本当に腹が立つ。

佳彦が白い車に触れようとしたとき、素早く回り込んできた佐伯にブロックされた。

「この車、誘拐犯が使っていた車じゃないのか」

「そうだ」

「だったら触れてはいけない。すぐに鑑識を呼ぶから待て」

携帯電話を取り出す佐伯を、佳彦は押し退ける。

「指図するな。わたしを信じなかった警察など！」

佳彦は伸ばした手で助手席側のドアに触れる。手を当てたまま目を閉じ、外界からの刺激を遮断して集中力を高めた。そこへまた佐伯が割って入る。

「おい、触るなと言っただろうが……」

腕を摑んで引き離そうとするのに、振り向きざま「うるさい、邪魔だ！」と怒鳴る。殺気を孕んだ強烈な視線で睨むと、佐伯が気圧されたように一歩下がった。

それへ「邪魔をするなよ」ともう一度牽制してから、佳彦は再び精神を集中する。佐伯は肩を竦め、見守る体勢になった。疑問で膨れ上がっている心中が察せられるが、今は気にかけている余裕はない。

意識を深く沈ませて探ると、やがてゆらゆらする映像をキャッチできた。捉まえたそれを放さないように細心の注意を払いながら、表層にまで引っ張り上げる。

佳彦の閉じた瞼裏（まなうら）に浮き上がったのは、さっきも視た、悠真が白い車から運び出されるシーンだった。

男が意識のない悠真の身体を抱え上げ、車をチェンジする。後部座席に横たえると上から毛布をかけた。これで覗き込まれてもわからない。

犯人が黒い車で空き地から出て行った。どこへ行くのか。佳彦の意識は黒い車を追った。

空き地を出た車は幹線道路を走り出す。そしてまたもや白い靄の中に消えていった。最後にちらりと視えたのは、前方にある薄いクリーム色の建物。

その建物がなんなのか、なんとか見定めようと懸命に意識を集中したが、駄目だった。距離が遠くなって、透視力の限界を超えたのだろう。黒い車はそこの敷地へ入ったように視えたのだが……。

「おい、どうなったんだ」

うるさいと叱責されてからは、おとなしく佳彦の行動を見ていた佐伯が、微動だにしなくなった佳彦の肩に手を置いた。その瞬間だった。

二歳くらいの少女がとことこ歩いてきて、佐伯に飛びつく映像が視えた。佐伯が少女を抱え上げ、声は聞こえないが二人は楽しそうに笑っている。佐伯は学生服姿で、それでこれが過去の映像だとわかった。頬を寄せ合う二人の顔がどことなく似ていたから、

「妹がいるのか？」

まさか娘ではないだろうと何気なく口にすると、肩に置いていた佐伯の手にいきなりぐっと力が入った。

「痛っ」

痛いじゃないかと振り向いたら、佐伯は強張った顔でこちらを凝視していた。

「おい、放せ」

肩を揺すり、男の手を外させようとしたが、逆に強く摑まれてしまう。

「なんで、知っている」

軋（きし）るような耳障りな声だ。

「はあ？」

「俺に妹がいたのを」

「いた……？　もしかして亡くなったのか？　それなら悪いことを……」

佐伯の心に常に妹がいたから、集中していた佳彦の琴線に引っ掛かったのだろう。幼くして死んだのなら、ずっと心に住まわせているのもわかる。いたずらに思い出させて申し

訳なかったと謝ろうとしたのだが、佐伯は強い口調でそれを遮った。

「違う！　妹は生きている。ただちょっと、今は……」

否定しながら口籠もり、佐伯は大きく息を吐く。佳彦の肩に置いた手を引いた。自分が苦痛を与えるほど強くそこを摑んでいたことなど、意識していなかったようだ。

そのまま口を噤(つぐ)んでしまったので、事情がありそうだと判断した佳彦は、話をそこまでにして自分の車に戻った。早くしないとまた後遺症に見舞われる。

今欲情しないのは、おそらく限界まで出し尽くした直後のせいだろう。身体の再生力には限界があるということだ。とはいえ、絶対にないと断言はできない。だからできるだけ早く悠真を助け出さなくては。

急いで運転席に乗り込もうとした佳彦の前に、佐伯が立ちはだかる。彼の方はこのまま見過ごすつもりはないようだ。

「俺とあんたは今日が初対面だ。なのになぜ、俺に妹がいることを知っている。所属刑事のことを探っていたのか？　俺の上司があんたについて行けと言ったのはそのせいか？」

「違うっ」

今度は佳彦が強く否定する。

「どう違うんだ」

話を聞こうとする意思が伝わってきた。頑迷だったあの課長とは違う柔軟性が感じられる。協力してくれるかもしれない。

佳彦は佐伯に車に乗るように言った。

「車の中で話そう。先を急ぐ」

促されて、佐伯が助手席に収まった。車を発進させ、前方を見据えながら、佳彦は真実をポンと佐伯の前に放り投げる。信じる信じないはそっちの勝手だと。

「わたしには透視力がある。人やものに触れると、それに関わる映像が視える。だから悠真が誘拐された経緯を辿ることができた。あんたの妹のことも、あんたがずっと気にしていたから視えたんだ。だが透視能力を持っているなど、とても人には言えないし、言っても信じてもらえない。そこをごまかそうとしたから疑われた」

佐伯は絶句したまま佳彦を凝視している。運転中だからそちらを見ることはできなかったが、頬に突き刺さる視線をいたいほど感じた。信じられないか、または頭がおかしいと思ったか。

まあ、どちらでもいいことだ。この力に関して、奇異な目を向けられることには慣れている。佳彦は淡々とあとを続けた。

「悠真は公園で白い車に乗せられ、さっきの空き地で黒い車に移された。犯人が乗り換えた車の番号までわたしは知っている。特徴のある車体の傷もな。警察ならそれだけで運転手を特定できるだろうと思ったのだが……」

佳彦は言葉を切る。前方に透視で視たクリーム色の建物が見えてきたのだ。視たときには輪郭がぼやけてわからなかったが、どうやらアパートらしい。敷地の中に黒い車が停まっているのが見えた。

「あの車か」

「おそらく」

佳彦の肯定に佐伯が緊張した。透視力への言及はしない。棚上げするようだ。

「通り過ぎろ。アパートから見えていたらまずい」

佐伯の指示に従い、前方にある交差点までそのまま車を走らせる。佐伯は振り返って見えなくなるまで、黒い車やアパートを観察していた。

「ぐるっと回って反対側に停めるんだ」

佳彦はおとなしく従う。このあたりのノウハウは佐伯の方が豊富のはずだ。

交差点で左折し、もう一度左折すると右折して停まった。これでアパートの裏手に出た。停めると同時に車を降りた佐伯が、アパートに走っていく。佳彦もすぐにあとを追った。

アパートまで行き着くと、上から見てもわからないようにぴたりと壁に沿いながら前に回る。黒い車の側まで行った。

佐伯は周囲を見回して人がいないのを確認してから、一歩踏み出してそっと上を見上げる。どの部屋も窓は開いていない。

「大丈夫そうだな」

呟いて黒い車の周囲を歩いた。中を覗き込んで指摘する。

「後ろの座席に毛布がある」

「それで悠真を隠していたんだ」

「どの部屋かわかるか」

聞かれて、佳彦は驚いた。佐伯は佳彦の透視能力を信じたのだろうか。

「ここまで導かれたんだ。あんたに力があるのなら最後まで利用させてくれ」

言い訳がましく言う佐伯を一瞥し、佳彦は黒い車に手を伸ばす。今度はやめろとは言われなかった。深呼吸して余計な感情を振り払う。車体に手を置き目を閉じた。ぼんやり映像が浮かんでくる。

ぐったりしたままの悠真を、男がひょいと抱えて階段を上がる。

「二〇一号だ」

男が入る部屋を見届けてから、佳彦は意識を引き戻した。悠真がここにいるのだと思うと気持ちが逸る。佐伯を置き去りにして階段を駆け上がった。

「ちょっ、待て……！」

佐伯の止める声も耳に入らない。佐伯が追いついてきたとき、佳彦はもうチャイムを鳴らしていた。インターホンから用心深い返事がある。

「……はい？」

「宅配便です」

やり取りを聞いて、佐伯がはあっとため息をつく。佳彦が無茶をすると思っていたのだろう。闇雲にドアを叩いたり、開けろと叫んだり。

するはずがないだろうと、佳彦は横目で佐伯を睨んだ。そこまで非常識ではない。下手なことをすれば悠真に危険が及ぶことくらい、理解しているのだ。

ロックが外され、ドアが細めに開く。透視で視た男だ。佳彦はすぐに笑みを作り、

「お届け物です」

とにこやかに笑いかける。手に荷物はないし、服装はシャツにスラックス、不審極まりない訪問なのに、ドアを開けた男は佳彦の笑みに一瞬見惚れて次の行動が遅れた。その隙を見逃す佳彦ではない。

ドアの縁に手をやり、下の隙間には靴先を挟み込みながら中に呼びかけた。

「悠真、いるなら返事をしろ！」

「てめえ！」

怒鳴る男、中から火がついたような泣き声。佳彦がもう一度悠真と叫ぶと、泣き声が「先生っ」と答えた。

男が喚きながらドアを閉めようとする。佳彦はそうはさせまいとドアの縁を強く握る。まさに一進一退の修羅場。

懸命に男を牽制しながら、佳彦は背後の佐伯に怒鳴った。

「早く！　手伝えっ」

いきなりの騒ぎに呆然としていた佐伯が、

「手伝えと言われてもなあ、令状もないのに。どうするんだ、この始末」

とぼやきながら一緒になってドアを引く。二人がかりでは耐えきれなかったのだろう。ドアが開き、男が転がり出てきた。

佳彦は瞬時に中に飛び込む。ワンルームに置かれたベッドの上で、悠真が泣いていた。足首を紐で縛られベッドのパイプに繋がれている。

悠真は佳彦を見ると、さらに大きな泣き声を上げた。

「先生ーっ」

と手を伸ばしてくる。それをしっかりと抱き締めてやった。恐怖に震える悠真の指が、痛みを覚えるほど強く佳彦にしがみつく。

「よく頑張ったな。もう大丈夫だ」

頭を撫でてやり、足首の紐を解いた。振り向くと、這って逃げようとしていた誘拐犯を佐伯が押さえ込んでいる。

「現行犯で逮捕する」

ドラマで見たような台詞を言って、佐伯は誘拐犯の腕を後ろに回し手錠をかけていた。それから携帯電話で応援を呼び、電話を切ったあとで苦笑しながら、悠真を抱いて慰めていた佳彦を見上げる。

「やれやれ。また始末書を書かされる」

「それがどうした。事件は解決したし、悠真も無事に救出できたんだからいいじゃないか」

「こういう場合のセオリーがあるんだよ。まず一般人、あんたのことだ、を巻き込んだことがアウトだし、確保の前に報告して指示を仰がなかったのもバツ。捜査令状もないのに押し入っているし、いろいろ突っ込まれてやばい」

ぼやく佐伯に佳彦は冷ややかに指摘する。

「知らないね。そもそもそっちがわたしのことを信じなかったのが原因だ。それにここで躊躇して、悠真が傷つけられていたら誰が責任を取るんだ？　立てこもりの可能性もあったんだぞ」

「まあ、そうなんだけどな。……あ、来たみたいだ。所轄の連中だろう」

パトカーのサイレンの音が近づいてきた。続けて救急車のサイレンも遠くから聞こえてくる。

「子供にはあんたが付き添ってくれるか。ここは俺がいいようにしておくから」

暗に佳彦の能力のことは言わないと、目で告げてくるから頷いた。あんたの車はあとで届けると言われてキーを渡す。

制服警官が駆け上がってくる。佐伯から犯人を受け取り、連行していった。続けて私服刑事たち、救急隊員たちが到着する。

隊員に付き添われ悠真と共に救急車に乗り込む佳彦に、駆けつけてきた刑事や警官は奇異な視線を向けてくるが、佐伯が何か言ったのだろう、こちらに声をかけてくる者はいなかった。

無事に病院に到着しても、悠真は佳彦にしがみついたまま離れない。結局抱かれたまま診察を受けることになった。幸い外傷は軽微なものだったが、ずっと涙が止まらずしゃくり上げていて、ショックの大きさが窺われた。

連絡を受けてやってきた両親を見ると、悠真の泣き声がさらに高くなる。母親に抱き締められ安定剤を処方されて、ようやくうとうとと眠りに落ちていった。ベッドに寝かされた悠真は深い眠りの中で、今度は母親の手を離さない。

父親と母親が何度も礼を言って頭を下げた。泣きながら悠真が、

「先生が助けてくれたんだ」

と言ったからだ。

「無事でよかったです」

と言葉少なに告げて、佳彦は病室から出て行く。自分にできるのはここまでだ。あとは悠真の頑張りと両親の愛情で、ショックを和らげていくしかない。

でもきっと、悠真なら大丈夫だろう。

ドアを閉ざすとほっとして力が抜ける。足許がよろけ、壁に手をついて身体を支え息を吐いた。ずっと緊迫していたので意識する暇もなかったが、荒淫のあと休みなく動き回ったのだから正直身体はくたくただ。

あれだけ力を使ったら、本来欲望に苛まされているはずだが、今のところまだ兆候はない。疲れ切った身体では欲情もしないということか。

苦笑しながらタクシーで自宅に戻る。バスルームに向かいシャワーを浴びた。パジャマ代わりの浴衣を着てソファに座り、髪を乾かしている途中からの記憶がない。そのまま爆睡したらしい。

夢を見た。子供の頃の夢。両親が、佳彦が聞いていないと思ってひそひそと話している。

『怖いわ』

と母親が言っていた。

『だが、わたしたちが支えてやらないと』

『でも、あの目、見透かされている気がするのよ。気味が悪い』

『よしなさい』

窘(たしな)める父親も、その頃は佳彦に触れるのを躊躇していた。触ると視られると勘違いしていたのだ。触っても、意識を集中していないと視えないのに。

あのときは自分の部屋に籠もってしばらく泣いていた。力のせいで両親とぎくしゃくし、もはや修復ができなくなっていることを悟ったからだ。

発端は佳彦が誘拐されたことだった。ちょうど悠真と同じ年。小さい頃から整った容姿をしていた佳彦は、笑っただけで大人たちをめろめろにした。天使のような愛くるしさが、人を惑わせたらしい。

佳彦にはなんの落ち度もなかったのに、変質者やその類の連中の興味を引きまくって、怯えた佳彦は次第に笑わない子供になった。するとそれがまた中性的な魅力となって、男女問わず人を魅了する。

事件が起こったのは、そんなさなかのことだった。

捕まっていた間の記憶はない。助けられた直後にショックで高熱を出し、忘れてしまったらしい。親たちも話そうとはしなかった。だが近所の心ない噂（うわさ）で、性的虐待を受けていたらしいことはわかった。

犯人は逮捕され実刑を受けたらしいが、その間佳彦にも異変が起こっていた。

透視力が目覚めたのだ。

極度の緊張状態が長く続き、そのストレスが脳の一部を活性化させたのではないかと佳彦は考えている。危機感とか自己防衛本能がそれを後押ししたと。

最初は失せ物を見つける程度だった。勘がいいと思えるくらいのささやかな力。

凄いねと目を瞠（みは）った友人たちも、それが何度も続くと次第に佳彦のことを怖いと敬遠するようになる。

しかも思春期を迎えると一気に力が覚醒したのだ。そして忌まわしい後遺症も。

透視力が宿ったのが事件のせいだとすれば、後遺症が性的な興奮だというのも、おそらくそのときのトラウマが関係しているのではないか。

両親にすら忌避されるこの力が、佳彦は嫌で堪らなかった。事後に性的興奮を覚えるのも。だから潔癖すぎるほど潔癖になり人との関わりを自分から避けるようになったのだ。

感情をうちに閉じ込め、力の発動を恐れて迂闊にものにも触れない。表情を失い、孤独に引き籠もる少年を、両親は扱いかねた。

それを見て心を痛めた父方の祖父母が、手を差し伸べてくれたのだ。

『環境を変えよう。君を知らない人たちの中で、新しい関係を築きなさい』

そう言って道場に迎え入れてくれた。

初めて竹刀を握ってみたら、剣道は性に合っていた。他人に触らずに済むというのが一番の理由だが、精神を統一し集中することが、力の制御にも役立った。

中学の途中から祖父母と同居し、高校、大学もここから通った。新しい学友たちは佳彦の力を知らない。だからごく普通の友人関係を築くこともできた。

そして大学を卒業後は次期道場主として祖父を助け、祖父が亡くなると名実共に家を受け継ぎ、道場を切り盛りしている。

これこそが自分の身の丈に合った生き方だと思っていた。ときおり会う程度になった両親との仲もうまくいっている。

悠真の事件はそんな平穏な日々を掻き乱し、佳彦を嵐の中に巻き込んでいった。

寝ていた佳彦の目を覚まさせたのは、携帯電話の着信音だった。ぼうっとしながら手探りで携帯電話を探り、テーブルから落としてしまう。

のろのろと起き上がり、その間に切れてしまった携帯電話を拾い上げた。誰からだろうと確認しようとしているとき、今度は玄関のチャイムが鳴る。

すでに深夜を過ぎている。訪問者が来る時間ではない。だが一人だけ心当たりがあった。

ドアスコープで覗くと、やはり佐伯だ。ロックを外しドアを開けた。

「おい、不用心じゃないか。深夜の訪問者と応対するときはチェーンをかけろ」

のっけから説教だ。返事をする気も起きず、佳彦はくるりと背を向けてリビングに戻る。

この家は外側は年季の入った和風建築だが、譲り受けたときに佳彦が一部改装して、今風にしている。LDKのフローリング。一人暮らしだから、この方が機能的なのだ。

仏間や祖父たちが過ごしていた部屋は、そのままで残してあるが。

「お茶？　コーヒー？」

一応もてなすべきかと声をかけると、疲れた顔をした佐伯がキーをテーブルに置いた。

「車、駐車場に停めておいた」

「それはどうも。で？」

「コーヒー」

「インスタントだぞ」

「なんでもいい。眠気覚ましになれば」

コーヒーをスプーンで二杯入れてやる。苦いコーヒーなら注文通りだろう。

自分のと合わせて持っていくと、佐伯がまじまじとこちらを見上げてきた。

「なんだ」

「いや、浴衣が色っぽいと思って」

口にしたコーヒーを危うく噴き出しそうになった。なんとか飲み込んだものの、しばらく咳き込んでしまう。

その間に佐伯は自分用のコーヒーを口にしたが、さすがに苦かったらしい。顔を顰(しか)めてカップをソーサーに戻した。

「まずは礼を言わせてくれ。あの子が無事に戻ったのはあんたのおかげだ。心から礼を言う。課長もバツが悪そうだった。署に来てもらえるなら、直接謝罪したいと言っているが」

「冗談。誰が行くか。二度と関わりたくないね」

「そう言うと思ったから、取り敢えず課長の謝罪の言葉を預かってきた。大変申し訳なかった、とのことだ」

姿勢を正して頭を下げる佐伯に、佳彦はもういいと手を振った。

「悠真が無事だったから。話がそれだけなら……」

帰ってくれという前に、佐伯が「いやいや」と身を乗り出した。

「これからが本番だ。話をしようじゃないか」

「わたしは別に話すことはない」

「あるだろ。あんたのその力のことだ」

佐伯がひょいと眉を上げておどけたように言う。佳彦は肩を竦めた。

「先に言ったとおりだ。付け加えることはない。上司にはどう報告したんだ」

頑迷そうな男だったが、と興味を抱いて尋ねると、佐伯が苦笑を漏らす。

「透視力でわかったと主張していますがどうしますか、と伺いを立てたら慌てて、あんたが言い訳に使った、絶対に名前を出したくない目撃者がいた、というのを採用することになった。マスコミへの発表も、協力者の情報により、ということになっている」

その言い訳で疑われることになったのだから佳彦としては複雑だが、今さら事を荒立てもと、頷いておいた。

「それでいい。騒がれるのはごめんだ」

佐伯は苦いコーヒーを口に含み、「さて」と顔を上げた。

「話を戻して、あんたのその力のことだけどな、いつでもどこでも視ることができるのか？　力を持つようになったきっかけは？　生まれつきなのか」

続けざまに尋ねながら、正面からきっちり視線を合わせてくる。

佐伯の態度は、信じる信じないをすでに通り越していた。あるものはあると受け入れて、その上で興味津々なのが伝わってくる。おそらく話しても、そのことで敬遠したり怖がったり、馬鹿にしたりはしないだろうと感じたから、自然に口を開いていた。

家族以外で真面目に力のことを話したのは、佐伯が初めてだ。

「ほぼ思い通りに扱えるが、たまに駄目なときがある。きっかけは、……もう覚えていない」

覚えていないのではないが、言いたくないからそういうことにしておいた。

「過去のことだけ？　未来は？」

「起こったことに限定される。未来を視たことはない。予知能力じゃないんだ」

「それは残念」

佐伯は本気で残念がった。胡乱（うろん）な眼差しを向けると、

「だってそうしたら競馬も宝くじも当て放題じゃないか」

など と言われ、

「……くだらない」

一気に脱力する。

「それはともかく、失せ物探しとかには使えるんだろう？」

失せ物探し！　あまりにも軽く言われてむっとした。どんな障りがあるかも知らないくせに！

「確かに使えるが、使うつもりはない。わたしは平穏な生活がしたいのだ」

不機嫌な口調で答えておく。後遺症のことは黙っておいた。知られたくなかったのだ。痴態を見られた佐伯だからこそ。

「どうして？　探しているやつに教えてやれば喜ばれるだろう？」

佳彦は冷ややかな目を向けた。

「一度だけならな。何度も重なると気持ち悪がられる。あんたの上司には犯人扱いされそうになったし。普通と違うのはいいものじゃない」

これまでの経験を踏まえて苦い口調で言うと、もっと聞きたそうにしていた佐伯が口を噤んだ。

「すまん、気遣いが足りなかった。取り敢えず、今日はこれまでだ」

と言ってコーヒーを飲み干し、立ち上がる。

「今日は、ではなく、もうこれきりにしてくれ。来ても歓迎する気はない」

念を押すように主張したが、佐伯は肯かなかった。

「そうだ、クスリはやめておけよ。媚薬といっても、どんな成分が入っているかわからない。うっかり違法ドラッグなどに引っ掛かったら、人生破滅だぞ」

一言言い残して帰っていく後ろ姿を、佳彦は首を傾げて見送った。意味がわからなかったのだ。

クスリ？　そんなもの、使ったことはないぞ、と憤然としたあとで思い出した。後遺症のことを、媚薬を使ったからと言い訳したのだった。

「わたしがクスリなど使うはずがないだろう」

相手がすんなり言い訳を信じたことに、複雑な思いを抱く。品格を疑われたも同然ではないか。だがもう会うことはない相手だし、後遺症のことを話すよりはまし、と自らを宥めて納めた。

翌朝、駐車場には佐伯の言葉通り自分の車が停めてあった。

「あれからタクシーで帰ったんだろうな」

聞きもしなかったことが多少引っ掛かったが、済んだことだと振り払う。もう関わりたくなかったのだ。

数日後、悠真が再び道場に通うようになった。初日に付き添ってきた両親によると、それほどひどいダメージは受けていないようで、学校でも元気らしい。

「本当にありがとうございました」

再び頭を下げられて、佳彦は微笑んだ。

「もうよしましょう。事件は終わったのです。悠真君が無事でよかったです」

悠真は道場でもやんちゃぶりを発揮して走り回っている。佳彦にとっては安心できる光景だ。終わりよければ全てよしという言葉がふと心に浮かぶ。

佳彦に穏やかな日常が戻ってきた。


波乱の二幕目は、佐伯の来訪から始まった。数日後の夕方、インターホンが鳴って出てみると、もう会うことはないと考えていた佐伯がいた。

「すまないが、助けてくれないか」

玄関先でそう切り出されて、嫌な予感がしたから即座に断った。

「断る」

「まだ何も言っていないだろう。話ぐらい聞けよ」

佳彦のにべもない拒絶に佐伯が苦笑する。

「聞かない。聞いたら断りにくくなる」

苦笑が、にんまりとでも表現できそうなしたたかな笑みに変わった。

「そうか、俺の頼みは聞いてくれるのか」

「聞かないと言っているだろう」

強く否定したが、佐伯はかまわず話し始める。

「数日前から認知症の老人が行方不明になっている。探してもらいたいんだ」

「部署が違うんじゃないか。あんた、刑事課だろう。そういうのは地域課とか生活安全課が担当のはずだ」

「よく知ってるな。緊急性が出て来て協力を頼まれたんだ。で、あんたのことを思い出した。……視てほしい」

「なんでわたしが警察に協力しなければならない。断る」

「そう言わずに。老人が危険なのは間違いないんだ」

佐伯は低気圧が近づいていて、夜半には豪雨になるという天気予報を伝えた。

「雨が降れば気温が下がる。濡れたらもっとだ。下手したら命に関わる」

頼む、と頭を下げられて佳彦は嘆息した。命に関わると言われれば、無碍には断れない。

自分の甘さに辟易しながら尋ねていた。

「……老人の持ち物が何かあるか。視たいものに焦点を合わせるのに必要だ」

佐伯の顔がぱっと笑顔になった。

「あんたならそう言ってくれると思ったぜ。よし行こう行こう」

やりたくない気持ちは強い。力を使えばまた情欲に苛まされることになるからだ。身体が熱くなる前に老人を発見して帰宅できればいいが。この男の前で恥は晒したくない、もう二度と。

内心で何度も嘆息しながら、佳彦は佐伯の車に乗り込んだ。

行方不明の老人の家は、住宅街の中ほどにあった。

「息子夫婦と一緒に住んでいる。普段は老人の妻が面倒を見ているが、ちょっと目を離した隙にいなくなったそうだ」

フェンスで囲まれた敷地には、よく手入れされた芝生が植えられている。ちょうど日が落ちて、外灯が灯り始めた。湿気を含んだ風が頬を嬲る。先ほどから小雨がぱらぱらしていた。急がないと。

佳彦は玄関から少し離れた場所に立って、佐伯が借りてきた老人のステッキを握った。もう片方の手を塀にあてて身体を支え大きく深呼吸する。そうして気息を整え、意識を集中した。自然に瞼が閉じていた。佐伯は黙ったまま側に立っている。

芝生に座り込んで雑草を抜いている老夫婦が見えた。妻の方はこちらに背を向けて作業している。夫の方は無理やり連れ出されたのか、やる気がなさそうにふて腐れた顔できょろきょろしていた。

と思ったら、スッと立ち上がって駐車場の方から道路に出て行ってしまう。妻は気がつかない。しばらくして振り向いた妻が、夫の不在に気がついて慌てて外に飛び出した。だがもう見える範囲には姿はない。

「なるほど」

目を開け呟いた佳彦を、佐伯が凝視している。

「わかったのか」

「いなくなった状況はわかった」

佳彦は視たことを説明してやった。

「あとを追えるか」

「やってみよう」

　再び透視に挑戦する。外に出た老人に焦点を合わせた。老人は迷いもなく歩いている。ステッキが必要なほど、脚が弱っているようにはとても見えない。

　どこに行くのだろうと見守っていると、いきなり周囲の輪郭が揺らぎ始めた。どうやら距離が限界を超えたようだ。それ以上の映像は、場所を移動しなければ視られない。

　佳彦は佐伯に車を走らせるように言った。すでに身体の奥に熱が灯り始めている。こちらも時間との競争だ。

「行き先は？」

「番地はわからない。指図するからとにかく車を走らせろ」

　シートベルトを締め車がスタートすると、佳彦は身体を乗り出すようにして、映像で視た景色を探しナビをする。

「そこを左だ」

　公民館を過ぎ、図書館も通り過ぎた。その先には市営住宅群がある。古いので、今では半分空き室だ。取り壊しの話も出ているらしい。

「そこで停まってくれ」

　市営住宅の駐車場だった。佳彦の言うままに車を走らせた佐伯は、言われた場所で静かに車を停止させる。佳彦は車を出て周囲を見回した。さっき視た最後の景色がこのアパートだ。五階建てなのにエレベーターがない。入居者が少ないのも当然だろう。

その少ない入居者も一階、二階に集中している。年配者が多いので、足腰に負担がかからない階に住んでいるわけだ。

佳彦は改めて意識を集中した。先ほど視た老人の姿が浮かび上がる。老人はここでも迷った様子もなく、さっさと歩いていく。階段を上がったところまで見届けてから、佳彦は佐伯を振り向いた。

「その棟の五階踊り場だ」

佳彦の言葉で、佐伯が駆け上がっていく。あとに続こうと上がり口まで行って、やめた。ここまで協力したんだ、もう十分だろう。

間もなく、息を切らしながら佐伯が踊り場から見下ろしてきた。

「いた！」

それだけ聞けばいい。佳彦はすっとその場を離れた。おい、待てよ、と佐伯が上から狼狽したように呼びかけてきたが、佳彦には待てない事情があった。すでに股間が熱を蓄え始めている。早く移動してなんとかしなければ、恥ずかしい様を晒すことになるのだ。

急ぎ足で道路に出てタクシーを拾った。乗り込んだとき、救急車とすれ違う。よかったと思いながら運転手に住所を告げた。

タクシーの中で、募る欲望を冷や汗をかきながら耐え続け、玄関に入ってドアを閉ざした途端、頽れた。生温い液体が下着を濡らす。震えるように息をしながら、粗相をしたことより、間に合ったことに安堵した。

まだ足りないと疼く身体を宥めながらなんとかバスルームに向かい、服を脱ぎ捨てるとシャワーを浴びた。浴びながら数回自慰で放出するが、佐伯と抱き合ったときのように短時間で収まってはくれず、深夜近くになってようやく一息ついた。

拷問のような時間だった。

疲れ果ててバスルームの床に座り込み、しばらくは動くこともできなかった。

「もう二度とごめんだ。絶対に唆されたりしない」

喘ぎすぎて嗄れた喉で誓う。

のろのろと起き上がってシャワーを浴び直し、ベッドに転がり込む。しんと静まり返った中で横たわっていると、激しい雨音が聞こえてきた。土砂降りだ。この雨の中あの老人が外にいたら、確かに命の危険もあった。

無事に保護されたことはよかったと、素直に思いながら目を閉じる。何度か着信音が鳴っていたが、疲れた身体はそのまま眠りに落ちていく。

夜どんなに遅くても、佳彦は朝五時には起きる。朝練があるから寝坊したことはない。今朝も目覚めて身体を起こすと、腰が怠かった。

「自慰でもあれだけ搾り取ったら当然か」

苦笑しながらテーブルに置いたままだった携帯電話を手にする。着信を確かめると佐伯だった。佳彦が出なかったせいか、メールも入っている。

礼の言葉と共に書かれていたのは、老人の安否についてだった。脱水症と低体温症で危なかったらしいが、無事だったとのこと。あのアパートは家を新築する前に住んでいたところだという。帰巣本能の一種らしい。

「それはよかったが、なんでこの番号を知っているんだ。教えた覚えはないのに」

切ったあとで文句を言う。警察の職権乱用だと苦情を申し立てようか。

そんな思いを転がしながら、顔を洗って身支度を整える。道場の掃除から始めていると、一人二人と門弟がやってきた。皆率先して掃除の列に加わり拭き上げていく。

程よく身体が温まったところで素振りにかかる。動いていれば身体の違和感も消えていき、朝練のメンバーと防具を着けて打ち込み稽古をする頃には、いつもの隙のない構えが取れるようになっていた。

朝練に参加するのは熱心に稽古をしている者ばかりだ。少年たち、高校生、年配者、それに勤め人も。あまり指導はせず自由にやらせ、無理無茶をしていないか見る程度だ。

基本は自主練なので、佳彦自身も自らの修練に励む。

切り返し、打ち込み、掛かり稽古などをこなし、一息ついていると、背後から、

「お仲間に入れていただいてもよろしいですか?」

と神妙な声がかかった。聞き覚えのある声にさっと振り向くと、佐伯がいた。使い込んだ道具一式を担ぎ、真面目そうな顔で立っている。佳彦を除く全員が怪訝な表情になった。なんで来たんだと胸の中で舌打ちしながら、道場主としては粗略にもできず、

「どうぞ」

と招き入れる。門弟たちには、

「わたしの知人で佐伯さんです」

と紹介した。刑事だとは言わない。

「知人かあ。せめて友人と言ってほしかったなあ。あんなに親密な時間を過ごしたのに」

隣に座り防具をつけながら、佳彦にだけ聞こえるように小声でぼやいた佐伯をきっと睨

む。何が友人だ、図々しいという意味を込めたつもりなのに、佐伯は目が合うと、にっと笑い返してくる。

精悍（せいかん）な顔が邪気のない笑みを浮かべるとやけに爽やかで、なぜか顔が熱くなった。ぷいと顔を背け、急いで面をつける。

門弟に請われて型を見せていると、佐伯が竹刀を持ってスッと立った。思わず目を引かれる。背筋がぴんと伸びて隙がない。かなりの実力者だ。警察では武道を奨励しているから、そうとう研鑽（けんさん）を積んでいるのだろう。

門弟たちもそれを感じたのか、佐伯に視線が集まる。それぞれ手を止めて佐伯を注視していた。その中で佐伯は、他人の視線など感じていないように、身体を解すために基本の所作を繰り返している。

気合いの入った素振りに、しんと静まり返ったのを気にしたのは佳彦だった。近くにいた少年に、

「ほら、自分の稽古をしなさい」

と声をかける。それで皆が我に返ったように、それぞれの稽古に勤しんだ。

そろそろ切り上げようと佳彦が時計を見たときだ。素振りをしていた佐伯が竹刀を引き、佳彦を振り向いた。

「なあ、一手、付き合ってくれないか」

「は？」

「あんたを見ていたらやってみたくなった」

わくわくした顔で言われ、特に断る理由もないので応じた。佐伯が竹刀を下げて中央に出る。自然に門弟たちが左右に分かれて座り、見学の体勢になった。佐伯がどれほど使うのか、興味津々のようだ。

長老格の門弟が一人審判代わりに進み出た。

佐伯が竹刀を手ににこりと笑いかけてくる。期待に溢れた目を見ていると、佳彦の胸の中にも楽しみな気持ちが湧き上がってきた。

「そこそこできるんだろうな」

揶揄（やゆ）するように言ったのは、一種の照れ隠しだ。

「まあそこそこ」

佐伯も軽く答える。

竹刀を構え互いに蹲踞の姿勢から立ち上がる。審判が始めと声をかけたのを合図に、双方が気合いをかける。

「やあっ、とおっ」

互いに相手を圧する声が迸る。佐伯の目が一瞬で研ぎ澄まされたものに変わった。猛々しさに押されかけ、それを気合いで跳ね返す。間合いを見計らって小刻みに移動した。視線は相手に据えたまま離さない。

手強いだろうとは思っていた。だが道場主としての自信はあった。日々の鍛錬はなんのためにしているのか。

しかし立ち会ってみて、簡単にはいかないとすぐさま悟った。佐伯には隙がない。打ち込もうとすると相手から重圧がかかる。それを押し退けて攻撃しても、気圧された分一拍遅れて簡単に跳ね返される。

とその直後、佐伯が仕掛けてきた。

「メン！」

見切っていた佳彦はぱっと躱し、逆に胴を払った。が飛び下がった相手には掠らなかった。続けざまに攻め込まれたが、受け止め打ち払い、掠らせない。

今度はこちらから仕掛けてみた。威圧しながら一歩前に出る。続いてもう一歩、さらに一歩。そこで佐伯が踏み込んできた。一気に距離が縮まり、鍔迫り合いになる。

そのまま双方攻め倦ねた。まさに実力が伯仲した好勝負。

佳彦自身、佐伯から伝わってくるわくわくした気持ちを共有していた。

互いに隙を探して時間ばかりが過ぎていく。息苦しいほどの濃密な空間が形成されていた。早く終わらせたくもあり、まだ続けたくもあり。

おそらく勝負は一瞬で決まるだろう。

佳彦は誘うようにふらりと竹刀の先を揺らした。佐伯はぴくりと身体を揺らしたがつけ入っては来ない。

誘いにはのらないか。踏み込んだら返り討ちだとわかっているのだろう。

門弟たちが固唾を呑んで勝負の行方を見守っている。

佐伯の姿が大きく膨らんだように見えたとき、佳彦は危ういところで後ろに飛び下がった。佳彦がいたところに佐伯が踏み込んできている。一瞬の隙を突かれて間合いを詰められたのだ。

門弟たちを意識したとき、ほんの僅か隙ができていた。それを見逃さない佐伯はさすが。だが佳彦もかろうじて一本は取らせない。

対抗心が掻き立てられた。それまでも軽く見ていたわけではなかったが、今ので佳彦のギアがチェンジした。剣道三昧の境遇にいて、仕事の合間に修業している相手に負けるわけにはいかない。

じりっと足をずらし、横に姿勢を逃しながら逆に一歩踏み込んだ。

「メン！」

鋭い気合いと共に、竹刀を振り下ろす。仕留めた、と思った。が髪の毛一筋の差で逃げられた。掠ったのは間違いないが、一本の判定まではいっていない。もう一度と竹刀を握り締めたとき、

「それまでっ」

審判から声がかかった。まだ終わっていないと、咄嗟に睨む。殺気が抜けないままだったので、審判を務める門弟が気圧されて一歩下がった。

「いいじゃないか、勝負なしで。遺恨があるわけじゃないし、無理やり勝ち負けを決めることはない、だろ？　いい試合をさせてもらった」

さばさばとした言い方でやんわり佳彦を窘めながら佐伯が竹刀を引き、元の位置に移動する。それで佳彦も頭が冷えた。

我に返ってみると、殺気剥き出しの己が恥ずかしい。門弟に謝罪した。

決着をつけたい気持ちはあったが、確かにいい試合をしたで終わらせる方が角が立たない。

佳彦と佐伯が部屋の隅に座って面を取り始めると、試合に気を取られて時間を忘れていた、と多くの門弟がばたばたと帰っていった。帰り際に佐伯に声をかける者が多く、特に

少年たちはヒーローを見るように佐伯を見上げていた。

「先生と対等にやれる人がいるなんて思わなかった」

一人が言うと、みんなが頷く。大人たちも同じ思いのようだ。気が昂ぶっているのか紅潮した顔の者もいる。

佳彦にすれば面映ゆいというのがそのときの気持ちだった。感情を抑えることができず、剥き出しの闘志を門弟に見せてしまったのが未熟な証のようで。

ただ対等にやり合える相手に会えたのが久々だったことも確かだったから、全部を否定するつもりもない。

防具を取ったとき、道場には佳彦と佐伯だけが残されていた。佐伯も仕事のはずだが、いいのかと視線を向けた先で、彼は手ぬぐいで顔の汗を拭っていた。ふわりと汗の匂いが漂ってくる。

ごしごし拭いているのを何気なく目で追い、襟をくつろげ胸許に手ぬぐいを入れたのを見てすっと視線を逸らした。

こくりと喉を鳴らす。ちらりと見えてしまった太い喉仏や逞(たくま)しい胸許が、目を背けたあともちかちかと脳裏で点滅していた。なんなんだ、と強く唇を噛み首を振ることによって、そのおかしな感覚を払い除けようとする。

「何をしてるんだ」

訝しそうな佐伯の声に佳彦は、自分が挙動不審な態度を示していたこと気づき、ぴたりと動きを止めた。

「何もしていない。……仕事は大丈夫なのか」

時計を確かめて、注意する。

「ああ、朝こっちに寄ってから行くって言ってある」

「それならいいが……」

言いかけてはたと言葉を止める。自分は朝練のあとに食事をするのだが、佐伯も誘うべきなのか。誘うべきなのだろうな。こちらから練習に誘ったわけではないけれど。

ということで母屋に移動し、キッチンに立っている老夫人に佐伯を紹介した。祖父が生きていたときから、家政婦として通ってきてもらっている隣家の夫人トミさんだ。

味噌汁の香りが漂っている。炊きたてのご飯の匂いも。それだけで食欲がそそられた。

「トミさん、今朝は二人分になったのですが……」

すでにほとんど準備ができているのを見て、佳彦は申し訳なく思いながら声をかける。

「大丈夫ですよ」

夫人は快活に応じ、量を増やしたご飯、味噌汁、納豆、それにおひたしなど純和風の料理を並べてから「ごゆっくり」と佐伯に声をかけて出て行った。自宅でご主人と朝食を食べ、家事を片づけてからまたこちらに来てくれるのだ。

　都合のいい時間に働いてもらう方が佳彦も気楽だからだ。

「ん、美味い」

　いただきますときちんと手を合わせた佐伯が味噌汁を飲んで、感嘆の声を上げた。おひたしも手作りの佃煮(つくだに)や漬け物も、佐伯の口に合ったようだ。

「いやあ、なんか申し訳ないな。朝飯までごちそうになる気はなかったんだが」

　言い訳めいた呟きに、佳彦は眉を上げた。

「そもそもなんの用だったんだ？　今朝は」

「友好関係構築に、俺なりに考えてみた結果だ」

「友好関係？」

「これからもいろいろ頼むのに、他人のままじゃ駄目だろ。知人とか言われているようじゃな。まずは友人昇格を狙う」

　佳彦はきっと佐伯を睨み、バシンと箸を置いた。姿勢を正し肩を聳(そび)やかす。

「はっきり言っておく。わたしは自分の力を使うつもりはない。普通の人間として生きていくと決めているんだ」

強い口調で宣言したが、佐伯はそんな佳彦をまあまあといなす。

「そういきり立つなよ。使わなくてもなくなるわけじゃないんだろ。だったら有効活用した方がいいんじゃないか？　だいたい普通の人間とわざわざ言うのは、普通じゃないと自分で思っているからだ。違うか？」

「……っ」

痛いところを突かれた。反論できない。確かにこんな異端でしかない力を持っていたせいで、親には恐怖され、友達にも忌避された。普通に生活できるようになったのは、力を封印してからだ。

疎外感や弾かれる痛みなど、誰一人理解してくれなかった。先行きを心配してここで生活しなさいと誘ってくれた祖父ですら、どこかに隔てがあった。

「これ以上普通の輪から外れるのはごめんだ。わたしは真っ当に生きていきたい。……食べたらさっさと帰ってくれ」

冷ややかに言って、あとは佐伯の存在を無視した。自分だけさっさと食べ終えると流しに運んで水に浸し、自室に籠もる。無視していれば帰るだろう。

少ししてドアの外から声がした。

「ごちそうさん。これで帰るが、また来る」

返事をする気はなかった。無言を通していると佐伯が続ける。

「さっきの件だが、力を封印している間、焦燥感はなかったか。自分なら助けられるのにと思ったことは？　力の存在を否定されるから言い出せなくて悔しい思いをしたことは。今ならあんたが力を持っていることを信じている俺がいる。必要なら根回しもできる。助けたい、助けられると思った相手に手を差し伸べることができるんじゃないのか、川内悠真のように、今回の老人のように」

頑なに閉ざした心の扉をそっと撫でられた気がしたのは、佐伯の柔らかな口調のせいだったかもしれない。

「さっきの対戦、楽しかったぜ。またやろう」

その言葉を最後に、佐伯の気配が遠ざかる。少しして部屋を出たが、佐伯の姿はもうどこにもなかった。使った食器は佳彦のと一緒に綺麗に洗って伏せてある。

「洗い物をしたら、それはわたしの仕事ですとトミさんに怒られるんだぞ」

咎めても返事はない。佳彦はため息をつきながら椅子に腰かけた。テーブルに肘をつき顎を載せる。

佐伯の言葉がじわりと佳彦の胸に染みてきた。確かに、自分が視たことを佐伯に話せばすんなり通るというのは魅力だ。嫌悪と憎悪の対象だったこの力も、もし持っていなければ悠真を助けられなかった。

持て余していた力を生かせるのは、嬉しいかもしれない。

だが、一番大きな問題、力を使えば後遺症があることを、佳彦はまだ佐伯に告げていない。力を行使したあとの激烈な欲望の処理をどうすればいいのか。

「わたしは誰にでも脚を開く淫売にはなりたくない」

断るしかないと自らに言い聞かせた。そこまで堕ちたくない。悠真を探したときに佐伯に遭遇したのは、今から思えばラッキーだったのだ。あれが佳彦の弱みにつけ込むような不埒な男だったら……。

それでもそのときは、見境なくがっついていただろう。何しろ理性が働かないのだから。

普段厳しく自分を律している佳彦は、抑制の利かない状態に陥るのを嫌悪している。

佐伯に昂った身体を慰めてもらうという発想はなかった。一度身体を合わせたからこそ、これ以上彼に弱みを曝す自分をよしとしなかった。


それから佐伯は頻繁に顔を出すようになった。都合がつけば朝練に、つかないときは、空いた時間に顔繋ぎだとやってくる。門弟たちにはすっかり馴染みになり、入門していないのに同門扱いだ。初日に佳彦と対戦したのがかなり強烈なイメージだったらしい。

少年たちも佐伯に憧れの眼差しを向けている。

人気があってよかったなと、佳彦は皮肉な視線を向けた。少しずつ自分の居場所を侵食されているようで、面白くない。しかも会うたびに「もう来るな」と言っているのに、かまわずやって来るその鉄面皮。

勝手に日常のことやその日の練習のことを話して、佳彦を会話に引き入れてしまう。年を聞かれて無視すると、秘密なのかそうなのかとしたり顔で言われてつい答えた。すると、

「二十七歳、もっと若いかと思ったぜ。その色つや、肌の張り……」

などと続けるからそれを聞きたくないがために、ついそっちは何歳だと聞き返した。

「三十二歳だ」

と胸を張られ、胡乱な目を向ける。だからどうだというのだ。

「俺の方が五歳も年上なんだから、タメ口はないだろう。尊敬語を使え、尊敬語」

と指を振って窘めるのにかちんときた。

「友人になりたいんじゃなかったのか。目上を振りかざす相手と友人にはなれないな」

「友人になってくれるなら、タメ口でいいぜ」

やり返したつもりが、にやりと笑って返されてぐっと詰まる。さらに突っ込んでくるかと身構えたら、佐伯はさっと話を逸らした。

「それにしてもトミさんのメシは美味いなあ。ここでよばれているから最近下腹が出て来て困ってる」

などとわざとらしく腹を擦る。追い詰める気はないようだ。それどころか、そんな口喧嘩を楽しんでいるように見える。

「招待した覚えはない。そっちが勝手に食べていくんじゃないか」

「でもトミさんがちゃんと二人分出してくれるから。あんた一人で食べられる量じゃないだろ。俺が食べなくてどうするんだ」

ここで食費は、と言えないのは、佐伯がトミさんに、来るたびにもらい物だからと野菜や魚、肉などを渡しているのを見ているからだ。それで作った料理を一緒に食べている自分に、何も言う資格はない。佐伯が持参したものを使わないでくれと、トミさんに頼むわけにもいかないし。

佳彦が所用で留守にしているときでも、佐伯はトミさんとひとしきり喋ってから帰っているようだ。なし崩しに友人関係が構築されている気がして、ため息が漏れる。下心を知っているから、知人より上に遇する気はないのに。

毎日暇だな、仕事はいいのかと皮肉ってやると、佐伯が能天気に笑う。

「うちの上司はとっくに諦めているさ。結果を出していれば、文句を言われることも少ないしな。始末書なんかどれだけ書いたって、どうってことないし」

いやそれは刑事としてどうなのか。事件の解決はできても、出世はできなさそうだなと、まじまじと見つめてしまった。

「なんだ？」

「それでは出世は無理だろうなと思って」

つけつけと言ってやると、佐伯はちょっと目を瞠ったが、すぐににやりとした。

「別に出世したくて警察官になったんじゃないからかまわないさ」

「じゃあ、なんで……」

言いかけて口を噤む。以前ちらりとだけ視た、佐伯の妹のことを思い出したのだ。事情がありそうだった。深入りしたくない気持ちもあってそのまま沈黙すると、佐伯は苦笑してからいきなり「腹減ったなあ」と大きな伸びをした。

「トミさん、晩ご飯、何？」

大きな声でキッチンに聞いている。

「ちょっと待て。またここで食べていく気か」

慌てて腕を摑んだら、ふわっと映像が浮かんできた。

『わたし、大きくなったらお兄ちゃんのお嫁さんになるね』

ツインテールの可愛い少女が言っている。今度は五～六歳くらいに見えるから、以前に視たときよりあとの映像らしい。

『そうか、だったら好き嫌いしないでご飯を食べないとな、小学生になったんだから。ちっちゃいままでは、兄ちゃんのお嫁さんは無理だぞ』

今よりはずっと若いが、佐伯ももう学生服姿ではない。大学生？

『わかった。瑠里花(るりか)、頑張る』

女の子が大きく頷いている。

そこまで視たとき、佐伯がすっと腕を引いた。映像が途切れる。何か視たのを察しているだろうに、佐伯はそれについては何も言わず、「トミさ～ん」とカウンターから身を乗り出して催促している。

佳彦は佐伯に触れた手を握り締めた。視ようと思って視たわけではない。だが、佐伯からすればどうだろう。それと力を使ったことによる後遺症は。

その場に立ったまま、佳彦は心身の状態に耳を傾ける。

欲望が湧き上がる兆候はない。大丈夫そうだ。意識して力を使ったのではないからか。

自分のことながら、力のことはよくわからない。

佐伯の問いにトミさんが答えている。

「今夜はオムレツですよ。佐伯さんが、たくさん卵を持ってきてくださったから」

「おー、それは楽しみ」

わざとらしく万歳してみせるところに稚気がある。精悍な男がふとそんな仕草を見せると、女性たちは堪らないだろう。現にトミさんも微笑んでいるし、不覚にも自分もだ。

すぐに表情は引き締めたが。

「佐伯さんはたくさん食べてくださるから作りがいがあるのに、若先生は食が細くて」

ふう、なんてため息をつかれるといたたまれない。自分だって成人男子としては十分に食べていると思う。佐伯が大食漢なのだ。きっと燃費が悪いのに違いない。

それにしてもこれだけ入り浸られると、さすがに当人がどんな人間なのか気になってくる。特に彼が話そうとしない家庭の事情。

日々の細々したことはけっこう話すし、自分自身のこともかなりあけすけだ。けれども育った家のことは、両親が健在なことくらいで、妹のことは一切口にしない。

視ようとすれば視ることはできるが、力は使わないと決意しているし、土足で人の心に踏み込むような真似、絶対する気はない。

だが気になった。ずっと心の片隅に引っ掛かっていて、そのとき何気なく検索してみたのは、少女の名前が「瑠里花」とちょっと変わった名前だったから。

でもまさか本当にヒットするとは。

それは十年前の記事だった。

『少女、行方不明』

何度見返しても、タイトルはそうなっている。少女の名前は佐伯瑠里花、六歳とある。小学校に入学し通学し始めた直後、帰宅の途中でいなくなった。大がかりな捜索が行われたが、少女は見つからない。誘拐されたか事件に巻き込まれたかと警察は見ているが、どちらにも証拠がなく、また目撃証言もなかった。

公開された写真は愛くるしい笑顔を写し取っていて、佐伯に触れたときに視たのと同じ顔だった。

帰宅途中の誘拐なんて、悠真と同じだ。

佐伯が必要以上に協力的だった理由がわかる気がする。無事に悠真が見つかったのは佳彦に力があったせいだが、佐伯が協力してくれたからだと、佳彦も今は認めている。

彼以外の刑事だったら、途中で捜査妨害で逮捕、という可能性もあった。頭から荒唐無稽だと否定されて。

　重苦しい気分で事件の記録を追ったが、途中で話題に上がらなくなった。行方不明のまま、現在に至っているらしい。

「だからか。生きているとあんなに強く断言したのは」

　遺体が見つからないから、僅かな希望は残されている。家族は必死でそれに縋（すが）るしかない。年の離れた妹だ。さぞ可愛かったに違いない。佐伯が警察官になったのは、妹を自分の手で探したかったからではないのか。出世には興味がないと言っていたし。

「きっとそうだ。……十年か、辛いよな」

　呟いて、目を伏せた。知らなければよかった。憎たらしいほど図々しくて、傍若無人で厚かましい。そのイメージだけで佐伯と接している方が楽なのに。

　この次会うときどんな顔をしたらいいのか。

　行方不明の妹を、佳彦なら探せる。悠真の事件で、佐伯もそう思ったに違いない。

　だったら佐伯の友達作戦は、それも見越してのことなのか？

　いや、佐伯は妹のことを佳彦に告げない。つい視てしまったときも、そのことには言及せず話を逸らした。佳彦を利用したいと考えているなら、そこで事情を説明すべきだろう。

　だがしなかった。

　つまり佐伯は、このことに佳彦を関わらせたくないと考えていることになる。それを水くさいと感じてしまった。これだけ毎日のように顔を合わせていると、情は湧く。まして一度は身体の関係もあるのだ。

考えないように心の奥に押しやっていても、何かの拍子に佐伯の鍛えられた硬い胸や力強い腕を思い出してしまう。そして際限なく悦楽を共有した、狂気のような時間。

駄目だ！　思い出すな！

佳彦は激しく首を振って自分を取り戻し、湧き上がってきた記憶を再び心の奥に封印する。あれは終わったこと。

「ともかく、だ。佐伯の方から触れない限り、何も言わないことにしよう。もし助力を求められたらそのとき考えることにして」

力を使うことになるかもしれないと思っても、拒否感がほとんどなかったことに、佳彦自身は気がつかなかった。

どんな顔をしたらいいのかと悩んでいたのに、たまたまどちらも忙しく顔を合わせないまま時間が過ぎていく。事件が起こったのはそんなときだ。

銀行で立てこもり事件が発生したというニュースを、佳彦は中学校の職員室で見た。体育で武道が必須とされてから、市内の中学校へ武道の講師として招聘されるようになったのだ。

授業を終えて戻ってきたら、居合わせた先生方が食い入るようにして見ていた。

「うちの卒業生じゃないだろうな」

誰かが懸念を込めて呟くと、別の誰かが窘めた。

「しっ、めったなことを言うんじゃない」

だが先生方にとっては切実だ。大きな事件があってそこの出身だという噂が流れると、執拗にマスコミに追及される。教育課程に問題はなかったのか、当時の様子はと。また現在の生徒たちにはなんの関係もないのに、出身校だからと白い目を向けてくる大人もいる。先生たちにとっては悩ましい事態だ。

「警官が一人撃たれて倒れているんだ。だが犯人が中から狙撃してきて、助けられないでいるらしい」

佳彦の隣にいた教諭が、現在の状況を教えてくれた。

ふと、佐伯も出動しているのだろうかと考える。これだけ大がかりなら、出動しているのではないか。こういう事件では、自分の力など役に立たないから傍観するしかないのだけれど、怪我をしなければいいが。

と考えたところで、はっと我に返る。なぜ佐伯のことを気遣っているのか。しょっちゅう顔を出してきて鬱陶しいと感じているはずなのに。

心配する必要などない。血迷うな、自分。

「突入するのかな」

教諭の呟きを聞いて、佳彦はテレビに視線を戻す。銀行正面を、離れたところから撮っているようだ。ヘリコプターの爆音も聞こえてくる。マイクを持ったリポーターが、緊迫した様子で、現場の臨場感を伝えていた。

人質は七人。女性も子供もいる。苛立った犯人が、銃を振り回しているらしく、ときおり銃声が聞こえてくる。中にいる人質たちは、恐怖で震えているだろう。

その銃も銃弾も、３Ｄプリンターで作ったとニュースが言っている。

「３Ｄプリンターなんて規制すべきだよ」

教諭が力説するのに、周囲も頷いた。

「ついでにネットも規制してくれたらなあ」

ぼやきのような台詞にも共感が寄せられる。子供たちを預かる教師にとって、スマホで簡単に繋がるネット環境は、頭痛の種なのだ。

「わたしはこれで」

そんな中、荷物をまとめた佳彦は誰にともなく声をかけ「お疲れ様でした」の返事に送られて職員室を出た。非常勤だから教える時間が終われば帰宅する。職員室に詰めている必要はないのだ。

事件のことが気になり、車に乗るとテレビをつけた。銀行周辺が物々しい警備で囲まれている。これを銀行内部で犯人も見ているのだろう。手の内を見られていて突入できるのだろうか。全員が助かることをひたすら祈るばかりだ。

佳彦は自分の手を見つめた。何かできることがあれば協力したい。事件に巻き込まれた我が子のことを訴えて泣き崩れた母親や、妻が、主人がと強張った顔で現場に駆けつけてきた人たちの姿を見れば、素直にそう思う。

『焦燥感はなかったか』『悔しい思いをしたことは』

以前佐伯に言われた言葉が蘇る。正直になってみれば、佐伯が指摘した気持ちは確かにあった。だがこれまでは手段がなかった。訴える相手もいなかった。

今は彼というパイプがある。話せば耳を傾けてくれる。そのあとの後遺症については、それはまた別の問題だ。

透視力が役立つなら、迷わず佐伯に連絡を取っていただろう。

無力感に苛まされながら車をスタートさせる。自宅に帰る途中、携帯電話が鳴り出した。ボタンを押すとスピーカーから音声が聞こえてくる。佐伯だ。

『今どこだ』

なんで佐伯が連絡してくるのかと思いながら、走っている場所を告げる。

『すぐに行くから、どっかその辺に車を停めて待っていてくれ』

どうして、と聞き返す暇もなく電話は切れた。

周囲を見回し、駐車できる場所を探す。交差点を過ぎて、コンビニを見つけた。車を乗り入れてしばらく待つと、また電話がかかった。コンビニだと告げると、サイレンを鳴らした車が勢いよく入ってくる。覆面パトカーだ。

ちょうどコンビニを出ようとしていた車が、ぎょっとしたように急ブレーキを踏む。

危ないなあと眉を寄せていたら、車のドアが開いて佐伯が飛び出してきた。有無を言わさず腕を取られ、助手席に押し込まれる。

「ちょ……、待て」

と言ったときには、車はタイヤを軋らせて国道に出ていた。

「おい、なんなんだよ、これ。わけを言え」

「シートベルト!」

佳彦の抗議に対する返事はそれだった。言いながら勢いよくカーブを曲がるので身体が斜めに傾ぎ、慌てて前に掴まりながらシートベルトをつける。

もう一度文句を言おうと乗り出したところで、この道を行けば例の銀行だと、車の目的地にはたと思い当たった。内心では盛大に文句を言いながらも、しばらく静観することにする。こんな緊迫した状況で、なんの思惑もなく佐伯が自分を連れていくはずがない。何か役に立てることがあるのだろう。

覆面であろうとパトカーに乗るのは初めてだ。事件のことは気にかかりながらも、赤信号で停まっている車を尻目に交差点を通り抜けたり、サイレンを鳴らして突っ走るのは快感と言えなくもない。口にしたら顰蹙を買いそうだが。

しかしそもそも、犯人でもない一般人を乗せていいのだろうか。

佐伯のことは、型に嵌まった刑事ではないと感じていたし、自分でも始末書は何枚書いてもいいと豪語していたが、これは下手をしたら懲戒ものではないのか。

と、また心配している自分に嘆息した。こんなに強引に人を連れ出すような刑事、きつくお灸を据えてもらうといいのだ。

などと考えているうちに、いきなり騒がしかったサイレンの音が止まった。はっと顔を上げると、目的地に着いたようだ。音を止めたまま静かに車を進め、銀行を取り巻いているたくさんの赤色灯が見える位置で停車する。

「え？　あそこまで行かないのか？」

「一般人は手前で止められる。そればかりは俺でもどうしようもない」

ハンドルに手を置いたまま、佐伯は鋭い目で前方を睨んでいた。

「まあ、そうだろうな。それで、わたしをここに連れてきた理由は？　言っておくが、透視力はこの場合なんの役にも立たないと思うぞ」

「立つさ。今現在の銀行内部を透視してほしい。犯人がどこにいるか、また人質のそれぞれの位置を実況中継してくれるとありがたい」

「そんなことができるのか……」

「……って、自分の力だろう」

佐伯が呆れた顔で振り向くから、むっとして言い返した。

「したことがないんだ。できるかどうか、やってみなくてはわからないのは当然だろう」

「じゃあ、今、やってみてくれ」

据わりきった眼差しを向けてくる佐伯に、佳彦も表情を引き締める。

「突入、するのか」

「ああ。監視カメラや、人質が通話状態にしてくれている携帯電話などで、だいたいの様子はわかっているが、確実を期したい」

「わかった、やってみるが、何かないと……」

口籠もると、佐伯が野球の硬式ボールを差し出してきた。

「犯人のものだ。部屋にあったのを拝借してきた」

「高校球児だったのか」

「昔の話だ」

佐伯の口調は素っ気ない。事件を引き起こして高校球児もないだろうとの思惑が伝わってくる。

「確かに」

高校野球というとたいがいの人の郷愁を誘うのはどうしてだろう。甲子園に出た球児であっても罪を犯す者がいるというのに、なぜか善意で見てしまう。

佳彦は渡されたボールを見つめた。綺麗に拭ってはあるが、使い込んだものだということはわかる。おそらく大切な思い出のボールなのだろう。それがどうして銀行強盗なんてしてしまったのか。

ボールを両手で包むようにして意識を高めた。深呼吸を繰り返し目を閉じる。ぼうっと浮かび上がってきたのは、超有名な蔦の絡まる球場。

「甲子園球場？」

思わず呟くと、佐伯が肩を揺すった。

「おい、そんな古いのじゃなくて」

「わかっている。触るな、気が散る。勝手に視えてくるんだから仕方ないだろ。だいたい野球のボールの記憶といったら、そっち系になるのは当たり前だ」

佐伯の手を振り払い、再び気持ちを高めていく。ボールに関係する記憶を辿りながら早送りする。未来へ、今へと。

佳彦は一人の高校球児の転落劇を目撃することになった。

男は甲子園に出てベストエイトまで進出。だがそこが彼のピークだった。推薦で決まっていた大学は、未成年飲酒と無免許暴走のダブルスキャンダルで、取り消しになる。鬱々としている間にクスリを覚え、今度はそれを買う金欲しさに銀行強盗を思いついた。

スポットライトに照らされたかのようにぽつりぽつりと浮かび上がる映像でそれらを視て取り、ようやく現在に来た。

3Dプリンターを入手、ネットで銃の作り方をダウンロード。銀行の情報もネットで集め、そして決行。何食わぬ顔で銀行に行き、カバーを被せて筒先だけを覗かせた銃を窓口の女性に向けて構え「金を出せ」と脅した。

当初の計画では恐怖に駆られた窓口の女性は、言いなりになって紙袋に札束を入れて寄越すはずだった。だが、銃を見た女性行員は止める間もなく悲鳴を上げ、奥の行員が非常ボタンを押し、あっという間に警察が駆けつけてきた。

焦った男は人質を取って金庫室に陣取る。逃げる気満々で、金庫の金をバッグに詰めさせ手許に引き寄せていた。

「犯人がいるのは、金庫室の左側。床に直に座って、女性と子供を自分の周囲に立たせている。狙撃されるときの盾にするつもりだろうな。人質の男性たちは少し離れた場所で縛られている」

ようやく状況を話し始めた佳彦に、佐伯がほっとしたようだ。

「俯瞰(ふかん)できるか」

さっきうるさいと怒鳴ったせいか、佐伯が小声で尋ねてきた。

「俯瞰……?」

できるのかと首を傾げながら、意識して男中心の映像から遠ざかる。後ろに下がる感じ。それから斜め上に視点を移動する。

「……できた」

そんなふうに、視える映像を自ら動かしたのは初めてだった。これまで受動的に視ていただけなので、示唆されてやってみて、できることに驚いた。

「今、狙撃部隊が配置についている」

「え？」

意識を揺さぶられ目を開けたら、映像は消えてしまった。舌打ちしながら佐伯を窺い見ると、彼は表情を暗くして前方を凝視している。

「粘り強く交渉したが、犯人は聞く耳を持たなかった。人質の疲労もピークに達している。それで、狙撃犯に出動命令が出たんだ」

ずしりと重い荷がかかってきた気がする。

「……射殺、するのか」

躊躇いながら尋ねたら、佐伯がゆっくりと佳彦を振り向いた。

「そうならないように、あんたに来てもらったんだ。中が見えていれば、急所を狙わなくて済む。そうでなければ、人質の命優先になる」

つまり、射殺だ。

ぞっと震え上がる。人の命がかかっていると、実感した瞬間だった。ボールが膝に滑り落ち、両腕で身体を抱き締める。

「そんな……、責任は負えない、わたしには無理だ」

喘ぐように言ったら、身を乗り出した佐伯に肩を摑まれた。

「あんたに責任は被せない。失敗しても元の作戦に戻るだけだ。だから視える通り俺に言ってくれ。……頼む」

真摯に頭を下げられ、できないとは言えなくなった。

「……視るだけなら」

震える唇を噛んで承諾し、もう一度ボールを握る。視て、実況中継するだけ。それだけを自らに言い聞かせ、目を閉じ神経を研ぎ澄ます。

再び銀行内部の様子が浮かんできた。

「犯人が移動して窓から外を覗いている。子供を一人側に引き据えている。残りは金庫室の前だ」

佐伯が舌打ちする。子供を人質にする犯人に怒りが込み上げたのだろう。

「わかった」

佐伯は携帯電話をかけているようだ。目を閉じたままだから気配で推測する。相手が出ると、佐伯は佳彦の言葉をそのまま伝えた。

「どの窓だ」

佐伯の問いに、佳彦は裏手の方と答える。

「右側の、駐車場に面した……。その位置からだと、金庫室のドアが非常口を隠して、犯人からは見えなくなる」

「本当か！」

佐伯が喜色に満ちた声を上げた。

「ああ。今なら侵入できる」

佳彦が告げると突入班、射撃班移動という声が聞こえて、佳彦はぎゅっとボールを握り締めた。

自分の言葉に人の命がかかっている。緊張でじっとり汗が滲んだ。だが、ここでやめるわけにはいかない。

浅く息をつきながら、視える映像に意識を凝らす。身体はがちがちに強ばっていた。

映像の中で犯人は窓枠にぴたりと身体を押しつけて、外を観察している。動くなよ、頼むからそのまま動かないでくれと念じながら視ていると、犯人からは見えない位置にある非常口がそっと開き、銃を構えた特殊装備の隊員が入ってきた。

外を見ていた犯人がさっと室内に視線を動かす。気配を察したのか。咄嗟に佳彦は佐伯の腕を摑んだ。

「動いたら駄目だ！　犯人がそちらを見ている」

「止まれ！」

侵入しようとしていた警察官がぴたりと動きを止める。佐伯の声がそのまま伝わっているようだ。つまりここの指揮は今佐伯が取っている。

息を潜めて犯人の動きを見守る。犯人は疑り深い目で室内を見回していた。もし犯人が窓辺を離れたら、万事休すだ。少しでも移動すると、非常口が見えてしまう。

なんで自分は今なら侵入できると言ったのだろう。同じ室内で、音を立てずに忍び寄ることなどできるはずがないのに、あんな銃を持った重装備の連中が。

佳彦は状況を見守りながら、しきりに悔やんでいた。もし自分のせいで、侵入した警察官が怪我をしたら、側に置かれている子供に万一のことがあったら……。

だが、訓練を積んだ特殊部隊員は、佳彦の予想を超えた働きをする。止まれと言われた状態のまま、ぴくりとも動かず息を潜め気配を消したのだ。

と、窓の外で騒ぎが起こり、犯人の視線が再び外を向く。緊急に陽動作戦が取られたのだろう。よかった。

ほうっと息を吐き出すと、身体の力が抜けそうになる。

「犯人の意識が逸れた。今だ」

佳彦の言葉が佐伯から伝わり、アサルトスーツ姿の特殊部隊員が一斉に室内に突入していく。そして銃を構え、金庫室の扉の陰に集結した。

　これで男が多少動いても見えなくなった。その代わり特殊隊員らからも男は見えない。佳彦の言葉をあてにするしかないのだ。

「まだ外を見ている」

　佳彦が言うと、しゃがみ込んでいた隊員の一人が、そうっと身体を乗り出して銃を構える。犯人は気がつかない。外の喧噪（けんそう）はますます大きくなって、そちらに完全に気を取られているようだ。

　隊員が狙いを定めている。一発で仕留めないと子供が危ないから、慎重になっているようだ。引き金に指がかかる。

　次の瞬間、何もかもが一度に起こった。

　犯人が振り向き、銃を構えた隊員を見つける。怒鳴りながら子供に向けて銃を上げ、引き金を引こうとした。だが、狙いをつけていた隊員の方が僅かに早かった。

　銃声が響き渡る。男が腕を押さえて蹲（うずくま）り、特殊隊員が殺到して押さえ込んだ。シャッターが一斉に開き、待機していた警官や救急隊員がどっと入ってくる。人質が抱き合って泣いている。喜びの声が溢（あふ）れ、抱えられながら次々に連れ出された。

「ありがとう、もういい」

視続けていた佳彦の肩を佐伯が叩いた。佳彦はびくっとし、目を瞬いた。意識の中の映像がすっと掻き消える。座席にがっくりと凭れかかった佳彦を、佐伯が気遣った。

「大丈夫か？」

「大丈夫、だが、疲れた」

手にしていたボールは汗で湿気ている。緊張を続けていたせいで身体ががちがちだ。何より全身を覆う重い倦怠で、脱力感がひどい。

佐伯にボールを差し出した手は微かに震えていた。佐伯がボールごと佳彦の手を包み込む。

「心から感謝する。あんたがいなければ、解決にもっと時間がかかっていただろうし、犠牲者も増えていたかもしれない」

「無理やりに連れ出されたんだけどな」

真摯な佐伯の態度が面映ゆくて、茶化したような言い方をしてしまった。そうしながら、急いでこの場を離れなければと焦り始めている。これだけ集中して力を使ったからには、たぶんすぐに例のやつが……。

「……っ」

意識した途端、身体の奥にどくんと熱が灯った。

来た！

みるみる広がる熱に負ける前に早く……。

佳彦は佐伯に握られていた手を引き抜いた。佐伯は「え？」と佳彦を見る。表情を見られたくなくてすっと顔を背けたが、佐伯がそのとき残念そうな顔をしたのが意識に残った。

なんでそんな顔を？

疑問を追及する暇はなく、佳彦は車のドアを開ける。

「おい、どうしたんだ」

咎める声に、ちらりと視線をやった。

「これから忙しいんだろ。わたしはタクシーを拾って帰る」

「いや、送るよ。俺が連れてきたんだから……」

言いかける途中で、携帯電話が鳴る。

「ほら、きっと戻ってこい、だ。わたしのことはいいから。落ち着いたら菓子折りでも持ってきてくれ」

そこまでが普通に話せる限度だった。これ以上喋っていると変な喘ぎ声になりそうで、佳彦は素早く車を降りるとドアを閉めた。

「待てって……、くそっ」

追いかけようとした佐伯を、携帯電話の呼び出し音がしつこく呼び止める。ひらりと手を振り、佳彦はなんとか平静を装って車から離れた。

心臓がどくどく脈打っている。全身に汗が滲んでいた。熱に追われるように足を速める。あと少し、そこの角を曲がったら佐伯の視線から外れる……。

ようやく角を曲がり終え、佳彦は塀に手をついて身体を支えた。息が荒い。額の汗を拭い、胸許を摑む。

人の気配を感じ俯いた佳彦の脇を、何人かが走り抜けていく。

「捕まったって」

「人質が解放されたらしい」

口々に言い合っているところをみると、現場を見に行くのだろう。続けてまた人が走って行き、顔を伏せたままそれらを気配で感じていた佳彦は、人の往来が途絶えるのを待って、凭れていた塀からゆらりと身体を放した。

急激に昂る身体を持て余す。スラックスの中で佳彦自身が硬化して、痛いほど存在を主張していた。幸い着ているジャケットで隠せているが、みっともないことこの上ない。

「だから嫌だったんだ」

ぼやきながら、なんとか前を向く。ここで頽れるわけにはいかない。

自らに言い聞かせ、歯を食い縛って歩き出した。前屈みになりそうなのを無理やり背筋を伸ばし、ぎくしゃくと進む。このままなんとか人の目をごまかしてタクシーに乗れたらいいのだが。

欲望で頭の芯がぐらぐら煮え立っていた。そこまで保たない、いや、頑張るんだ、耐えろ。その少し先に、信号で停まっているタクシーがいるじゃないか。あれに乗って家に帰るんだ。

堪える辛さで涙が滲んだ。潤んだ瞳で停車中のタクシーを睨むようにして、前のめりに歩く。ほとんど走るようにして急いだのに、辿り着く前に信号が変わり無情にもタクシーは行ってしまった。

失望で気持ちが折れそうだ。次の通りまで行けば、必ず見つかる。自分を励ましながらなんとか歩き出す。といきなり、その肩に手を置かれ引かれた。

「……っ」

不安定だった身体がぐらりと揺れたのを、咄嗟に相手が受け止めてくれる。がっしりした胸にぶつかって、衝撃で喘ぎ声が漏れそうになりぐっと歯を食い縛る。

「どうしたんだ、ふらついているじゃないか。力を使ったことで身体に変調が……？」

佐伯だ、なぜ来たんだ、来なくていいのに。

考えただけのつもりが返事が来たので、口に出していたようだ。

「俺が引っ張り出したんだから、家まで送る責任があるだろう」

「現場は……」

「あっちには腐るほど人手がある」

まさにありがた迷惑。爆発寸前の身体には、佐伯の身体から発せられる熱や、フレグランスと入り交じった微かな体臭ですら、毒なのだ。身体を離そうとしたが、がっしり掴まれていて叶(かな)わない。

「帰れるから、放せ」

「何を言ってる、そんなふらふらした足取りで。意地を張らずに、ほら、車はこっちだ」

その声が、鼓膜を震わせる。もともと腰に響くいい声なのだ。堪らず、ずるずるとその場に蹲る。

「……っ」

吐き出した息が、熱い。駄目だ、我慢できない。それでも太腿に爪を立てて、痛みでなんとか理性を呼び戻そうと焦った。

「え？　もしかして……」

気づかれた！

湧き起こった猛烈な羞恥が、恥を掻かせた怒りにすり替わって佐伯に向かう。気持ちを奮い立たせ、佐伯の腕を振り払った。

「放っておいてくれ。迷惑だ、かまうな！」

精いっぱい平静を装った。そのまたどたどしく歩き出したが、すぐに腕を掴まれた。力ずくで引き摺られるようにして、歩道に沿って停めてあった車まで連れていかれる。

「何をする、放せっ」

喚いたが、力では敵わなかった。

「いいや、放さない。たぶん『それ』は俺のせいなんだろ。面倒見るぜ」

「必要ない！」

覆面パトカーは、すでにパトライトを収納していて、普通の車にしか見えなかった。助手席に押し込められシートベルトをかけられる。焦りながら外そうとシートベルトを触っている間に、素早く回り込んだ佐伯が運転席に滑り込んだ。

「出すぞ」

わざわざ言ったのは、警告のつもりだったのか。ようやくシートベルトを外した佳彦は、急発進した車のせいでフロントガラスにぶつかるところだった。ぎりぎりでセーフだったが。慌ててシートベルトを手繰りながら佐伯を睨む。

「危ないじゃないか！」

「シートベルトを外す方が悪い」

その後も急停車、急発進を繰り返して、無理やり佳彦にシートベルトを嵌めさせた。佐伯の強引なやり方にかっかと腹を立てたせいで、僅かだが切迫感が遠のいている。ただの時間稼ぎにすぎないが、息がつけるのはありがたい。

乱暴な運転で身体を前後に揺さぶられているとき、宥めるように佐伯が言った。

「もう少しだから我慢しろ」

そんな声に素直に頷けるはずもないが、どこに行くのかと興味は湧いた。間もなく車はマンションの地下駐車場に下りていく。

「どこ？」

「俺の部屋だ。一番近かった」

「あんた仕事中だろう。そんな勝手なことをしてもいいのか」

さすがに心配になる。

「協力を仰いだ一般人が体調を崩したんだ。ちゃんとフォローすべきだろう。何か言われたらあとで始末書でも書くさ」

あっけらかんとした言い方で、こうしていることが始末書ものであることを認める。これでよく刑事を首にならないものだ。

「成績を上げたい上司からすれば、悩ましいだろうな。言いつけに従わない俺をよそへ飛ばしたいが飛ばせないってのも。飛ばしたら確実に検挙実績が下がる。つまり俺が必要だってこと。究極のジレンマだ」

皮肉げに笑って佐伯は肩を竦めた。その間にスペースに車を駐車し、

「ほら、来いよ」

と降りるように促す。

「それともそこで一回抜いておくか」

本当は頷きたかったが、そこは根性で頭を振り車を降りた。ぎこちなく歩く佳彦を、佐伯が黙って手助けしてくれる。手を貸そうとか、摑まれとか言われていたら、意地でも振り払っていたに違いない。

半分抱えられるようにして、よろよろと歩いた。地下駐車場からエレベーターで上がり目的階に辿り着く。すぐ目の前が佐伯の部屋らしい。開けてくれたドアから、倒れ込むようにして中に入った。

玄関先に膝をつきそうになったのを佐伯に支えられ、連れていかれたのはバスルームだった。

「シャワーのスイッチはそこ。温度調節は好きにしてくれ。浴びながら湯船に湯を溜めたらいい。俺は着替えを探してくる」

言い置いて佐伯はバスルームを出て行き、佳彦は失望の中残された。てっきり佐伯が手助けしてくれるものと思い込んでいたのだ。これでは自慰を繰り返しても欲望が発散できず、苦しい思いをした先日の再現だ。

「誰だ、『俺のせいなんだろ。面倒見るぜ』と言ったのは。自分の言葉の責任を取れ」

苦い思いで呟きながら、切迫した現実に、手荒に服を脱ぎ捨てるとシャワーの下に立つ。股間に触れただけで、待ち侘びていたそこが暴発した。放出の快感に安堵の息を吐きながらもすっきり感はなく、シャワーで流されていく白濁に空しさを覚える。

達したのに佳彦の昂りは萎える気配もない。疼きはさらに強くなり、壁に手をついて身体を支え、昂りに手を添え擦り上げる。

「くそっ、なんでこんな思いを……」

その手を別の大きな手が包み込む。はっと顔を上げると、全裸になった佐伯が立っている。触れられるまで、全く気配を感じなかった。背中に密着され、肌が触れ合いぞくぞくする。

「面倒見るって言っただろ。責任は取るさ」

聞こえていたのか。

バツが悪い思いをしたが、すぐに余計な思いは頭から消え去る。佐伯が佳彦の手を退け、直に握ってきたのだ。

技巧を駆使して動く手が、佳彦の快感を引き出す。扱き立て、じくじくと疼き続ける先端に爪を立て佳彦を呻かせた。蜜液がたらたらと幹を伝い佐伯の手を汚す。

もう一方の佐伯の指が胸許に伸びてきた。きゅっと抓み上げられ、脳天まで震えが走り抜けた。胸も腰も突き出して淫らに悶える。二度目の絶頂はすぐに訪れた。

「あうっ、あっ、あ……」

佐伯に最後まで搾り取られて力が抜け、よろけた身体を支えられる。はあはあと喘ぎながら、ぐったりと佐伯に凭れかかった。

「シャワーを浴びながら湯船に湯を溜めろと言ったのに」

佳彦を抱えながら、空の湯船にちらりと目をやった佐伯に、

「そんな、余裕、あるか」

荒い息のまま吐き捨てる。まだ呼吸が苦しい。酸素が足りなくて、時々ふっと意識が浮遊しそうになる。

「みたいだな」

佳彦の状態を見て、佐伯が同意する。佳彦の昂りはまだ力を失っていない。少し刺激しただけですぐに熱くなるだろう。

「媚薬じゃなかったんだろ、最初のときも今も。力を使ったからこうなった？」

肯定の返事をする前に葛藤があった。弱みを晒すのは嫌だ。いや今さらだ。この状態でまだ意地を張る？　張ってどうするんだ。なんの意味がある。

結局、どうせ否定してもごまかせないと覚悟を決めた。裸で佐伯に支えられている現状では……。

「……そうだ」

肯いたあと、身体を硬くした。嘲笑の類を浴びせられると思ったからだ。淫らな欲望に取りつかれていると。だが佐伯は、佳彦の背中を軽く叩いて言った。

「そうか、辛かったな」

その瞬間、肩の力がすーっと抜ける。かかっていた重しを、そっと取り除かれたような気がしたのだ。どうして頑なに隠そうとしたのか。今となってはよくわからない。凝り固まった、先入観のようなものが邪魔をしていたのだろう。

見つめていたら佐伯が、労るような眼差しを向けてくる。

「この間の老人捜しのときも？」

「先に帰ったのは、処理するためだ。ぎりぎりで、かなりやばかった」

「言ってくれたら……」

言いかけて、過ぎたことを蒸し返してもと思ったのか、佐伯が話を逸らした。

「一人で立てるか？　俺が湯を入れよう」

それにはすぐに首を振る。心を解放したら、欲望が滾り始めたのだ。

「いらない。ざっと流すだけでいい。立ったままでは落ち着かないから」

「ベッドへのお誘いだとしたら、喜んで」

「ふざけたことを言うな！」

きっと睨みつけたら、佐伯が情けなさそうに眉を下げた。

「からかってでもいないと、俺が暴発しそうなんだ。さんざん色っぽい痴態を見せつけられて、我慢するのも限度がある」

確かに硬くて熱いモノが腰に当たっている。

「イけばいいじゃないか。そしてまたすぐ大きくすればいい。インポじゃないんだろ」

開き直った佳彦の口からは、過激な台詞が飛び出した。

「インポってなあ、あんた……」

脱力したように言う佐伯だが、腰に触れるモノは、萎える気配もなく自己主張している。

その太いモノで貫かれたときの快感を思い出すと、早く欲しくて堪らなくなる。無意識に舌なめずりしている浅ましい自分。

だがもうそこに嫌悪はない。佐伯に話したことで吹っ切れたのだ。後遺症なんだから仕方がないのだと、改めて自分なりに納得したというか、そういう体質なんだと受け入れた。欲望は誰にでもある。自分はそれが少し特殊だっただけのこと。

佳彦はくるりと振り向くと、すっと腰を落とした。佐伯のモノに触れ、口づける。先端を呑み込もうとしたら、佐伯が驚いて腰を引いた。昂りが佳彦の口から逸れ、頰を打つ。

「……っと、すまん」

滑った液が頰についたのを指で拭い口に含んだ。

「まずいな」

「あ、当たり前だ。いいから俺が……」

佳彦を立たせようと伸ばした佐伯の手を払い、彼のモノを強引に摑む。

「痛っ。そんなに強くしたら……」

「ではこれくらい？」

ソフトに握り直してやると、肯きかけた佐伯が慌てて首を振った。

「ちょっ……、待て。そうじゃなくて、しなくていいと……」

「して欲しくないのか」

挑発的な眼差しで見上げてやる。

「いや、それは、して欲しくないことはないが、今はあんたのそれをなんとかするのが先で……」

「嫌でなければ、黙ってさせろ」

言いかけるのを遮って強気で押した。確かに世話をかけているが、できることは返したい。助けられてばかりでは矜持が傷つく。

「させろって言われてもなあ」

ぼやく佐伯をバスルームの壁に押しつけ、唇と手を駆使して遂情に導いてやる。熱の籠もった目がずっと向けられているのが心地いい。わざとじゅぽじゅぽと音を立てて吸ってやると、佐伯は堪らなさそうな顔をして、佳彦の髪をくしゃりと撫でた。

佐伯の昂りは佳彦の愛撫で素直に膨れ上がり、限界だと自己申告したとおり、触れてから達するまでさほど時間は要しなかった。

「出る……っ」

申告を聞いて唇から出し、手で受け止めてやる。よほど溜まっていたのか、放出は長々と続いた。

「早漏とか言うなよ」

イったあと肩で息をする佐伯が、憂慮を含んだ疑いの眼差しを寄越すのにふっと笑う。

「言うわけないだろ。わたしの惨状を見ろ」

「それは、普通じゃない状況だからで……」

もごもごと口籠もってから佐伯が嘆息した。

「なんだか強くなっていないか？　押しまくられている感じだ」

「開き直ったんだ。……ベッドに行こう」

さばさばと言い放ち、ざっとシャワーを浴びて寝室へ移動する。ベッドに押し倒され、腰に巻いたバスタオルを解かれた。

「この間のとか今のが標準とすれば、一人で処理するのは大変だったろう」

言いながら上から佐伯が覆い被さってきた。重みを受け止め、両手を背中に回す。佐伯のモノも力を取り戻しているのがわかった。

「大変だった。力を封印したのは、それを嫌悪していたせいもある」

素直に認める。

「だったら、今はいいな。いつでも俺が鎮めてやれる」

佳彦は目を見開いて佐伯を凝視した。驚愕（きょうがく）に近い。そのことは全く思いつかなかった。

確かに佐伯は佳彦の陥る状況を承知しているわけだから、力を使ったあとのフォローを期待してもいいわけだ。幸い男同士でも抵抗はなさそうだし。

「だから、な、協力しろよ」

佳彦の気持ちの揺れを察したのか、駄目押しのように言って佐伯が腰を押しつけてくる。

「代償は俺のマグナムってことでどう?」

にやにやしながらの自己申告を一蹴し、冷たい視線で睨めつけた。

「自分で言うな」

言い返しながら、満更でもなかった。テレビや新聞のニュースを見ながら歯痒い思いをしなくて済む。今まで嫌悪の対象だったこの力が役に立つと思うと、気分が昂揚した。

佐伯の背中を撫で回す。筋肉の張った滑らかな肌だ。「擽ったい」と嫌がられたが、構わず興味の赴くまま、あちこちに手を這わせる。

肩甲骨を辿り尻に達した。硬くていい尻だ。肩幅が広く腰は締まり、長い脚が続いている。身長もあって、羨ましいくらいの体格だ。自分もこれだけごつければ、妙なやからに目をつけられることもなかっただろう。思春期までの悔しく情けない記憶が蘇る。

「何を考えている?」

佳彦が佐伯の身体を撫でている間、佐伯も遊んでいたわけではない。唇で佳彦の肌を啄んでいた。胸の尖りを甘嚙みしたりして佳彦を呻かせている。

「こういう身体が欲しかったと思って」

「なんで。あんたの身体もしなやかで美肌で、羨ましいほどだぜ」

言いながらするすると手を這わす。

「ほら、しっとりと吸いつくようだ。このあたりも敏感に反応してくれるから、触り甲斐があるし」

胸の飾りを、わざとのように抓み上げられる。そこはすでに何度も弄られて、硬い芯を持っていた。押し潰されると、電流が走るような快感がある。指で触れたあと、佐伯は屈み込んで強く吸った。

ああ、いい。

荒い息を吐いて、仰け反った。まるで佐伯に、もっと触ってくれと胸を捧げているようなポーズだ。

両方の乳首を代わる代わる吸って嘗めたあと、佐伯はさらにその下に愛撫の手を伸ばした。硬さを保っている昂りを撫でる。

「それからここも。形もいいし何より品がある。色もピンク色で綺麗だし」

「そんなところ、品があるもないだろ。綺麗とか、目がおかしいんじゃないのか」

背中が痒くなるような褒め言葉に、反射的に言い返す。本気で馬鹿かと思ったのだ。

「いや、俺のこれまで見た中で一番の美ブツだ」

胸を張る佐伯に胡乱な目を向けた。

「ふうん。男はわたしが初めてなんじゃなかったのか」

「もちろんそうだ。けど見る機会はあるだろ。トイレとか温泉とか」

「……下品」

悪びれず言い放つ佐伯に、思わず眉を顰める。

「まあまあ。そんなことはいいから、こっちに集中しろ」

にたりと笑って、佐伯は手にしていた佳彦のモノを握り、きゅきゅっと絞り上げた。

「……ぁ」

快感が腰から背筋を伝わって脳髄を痺れさす。無意識に腰を揺らし突き出していた。

「反応がいいなあ。楽しいぜ」

弾んだ声で言いながら佐伯は強弱をつけてその部分を揉み込み、佳彦からさらに甘い喘ぎ声を引き出した。

「あ……、んっ、んん……っ、……ゃぁ」

同時に胸も責められて、佳彦は身を捩り悶えた。快感の波に揺れながら自分もだと佳彦は思う。佐伯とは意味合いが違うが、確かに楽しい。

そうした感情が入り交じり、自分も積極的に動いてみたいと思ったのだろう。佐伯のイくときの顔をもう一度見たいと。

するりと下から抜け出して、佐伯を見下ろした。半身を起こそうとした彼を押さえつけ、止められる前に昂りを口の中に納めてしまう。とても全部は入りきらないのはわかっていたので、まずは先端を嘗め側面に舌を這わせた。

「うっ」

佐伯が思わず漏らしたのは、こちらの下半身を直撃するような、深い呻き声だった。内心でほくそ笑む。

できるところまで口の中に引き入れて、舌で嘗め転がした。改めて大きさを実感する。さすがマグナムと自称するだけあった。男としては悔しい。だからますます戦意を掻き立てられた。自分が佐伯を感じさせてやると。

佳彦の欲望を解消するために始めたことなのに、意味が違ってきている気はするが、嫌だと思わないのだからいいことにした。

口淫は、慣れれば喉の奥まで呑み込むことができるそうだが、今の佳彦にはまだハードルが高い。無理はせず、含みきれなかった部分は手で擦り、根元の二つの膨らみも揉み込んでやった。

　すると口へ招き入れた部分から次々に蜜が溢れてくる。感じているのだ。つられてこちらまで身体の熱が上がった。腰をもじつかせながら、もっと昂ぶらせてやろうと熱心に舌を使う。

　いきなり腰を掴まれて、身体の向きを変えられた。シックスナインの体勢だ。秘処をすべて佐伯の前に晒しているのかと思うと、さすがに羞恥を覚える。逃れようとしたが、がっちりと腰を押さえ込まれていた。

「俺にもさせろ。ほら、あんたはこっち」

　短く言って佐伯が佳彦の昂りに手を伸ばし、佳彦には自分のそれを示す。

「してくれよ」

　甘い声で誘い、佐伯が佳彦のモノに舌を絡めてきた。ぞくぞくと快感が走り抜ける。意図せず腰が揺れてしまった。負けまいと佳彦も佐伯の熱塊を指で捉え、口腔に導く。

　しばらくは互いのモノを啜る淫らな水音が響いていた。

　佐伯は唾液で濡らした指で、蕾の攻略にかかる。周辺を解して緩めたあとで、指が一本侵入してきた。最初はどうしても違和感がある。中でぐるりと回され、眉を寄せた。

「痛いか」

「いや、大丈夫」

なんか変というだけなので首を振る。内側から探るように内壁を押された。探しているのだろう、佳彦の感じる場所を。じっくり弄られて、突然、来た！

「あうっ」

腰が跳ねた。

「ここか」

佐伯が呟き、同じ場所を何度も突いた。そのたびに全身がビリビリと痺(しび)れ、とてもじっとしていられない。そこにばかり意識が向き、佐伯のモノが口からぽろりと出てしまっても、元に戻せない。喘ぎながら身をくねらせる。

快感から逃れたいのか、もっと欲しいのか、白濁した頭では何も考えられない。施される愛撫に取り込まれていく。

指が二本になり、三本になった。狭い場所がくじられて広がっていく。中の襞(ひだ)は食い締めるモノを求めて蠢動(ぜんどう)し、窄(すぼ)まったり緩んだりして、まるで指を味わっているようだ。

自分では制御できない淫らな動き。羞恥を感じるより、ひたすら快感に意識が向く。

秘処を指で刺激しながら、佐伯は佳彦の昂りを弄っている。時々は胸にも手を伸ばした。

感じる所を重点的に刺激されて、佳彦のモノはたちまち上り詰める。

「イく……」

さすがに口の中には出せない、と腰を引こうとしたが、がっちり掴まれているので逃げ場がない。

「放せっ」

焦って訴えても「いいから」と言うばかり。しかも口に含んだまま喋られ、それもまた刺激になった。

それでもぎりぎりまで我慢したのだ。しかし、堪えきれなかった。敏感な先を甘嚙みされて、どくんと吐き出してしまう、佐伯の口腔（こうこう）に。

「あ……あっ」

我慢に我慢を重ねたあとの絶頂だったから、腰が溶けるかと思ったくらい気持ちよかった。くたりと佐伯に身を預け、しばらくは息をするので精いっぱい。なんとか呼吸が整い始めたとき、佳彦は佐伯が自分の出した蜜液を飲んだことに気がついた。

「なんで……」

絶対まずいはずなのに。

「ま、美味くはないな。だが抵抗はなかったぞ。心配しなくても、俺のを飲めとは言わないさ」

自分はできなかったから手で受け止めたのに……。あっけらかんと言われて脱力する。

「なんであんなもの……」

「あんなもの呼ばわりするな。あれもあんたの一部だろう」

「一部だと言われても……」

「どうせなら全部愛でたい」

その言葉が胸に響いた。ふわりと気持ちが浮揚する。言葉に絆されたのだろうか。佳彦を口説くために紡がれた、空虚で甘い言葉なら山ほど聞いてきたが、感じ入ったことはない。どこか醒めていた。

でも今の台詞は心の奥深くまで染み入ってくる。どうしてだ……？

もっとよく考えたかったのに、佐伯が後孔に差し入れた指を動かしたために、思考力が飛んでしまう。

「……っあ」

「もう一度だ、というより、そろそろ挿れたい」

佐伯が指を引き抜いた。追い縋る内壁が引き止めようときゅっと窄まる。佐伯が佳彦の向きを変えさせ、位置を合わせた。正面から顔が合い視線が絡まる。中腰だった佳彦の腰に手を添え、そそり立つ欲望の上に下りてこいと促された。

「自分で、挿れろと……？」

「入るところが見たい」

という不埒な理由でだ。一蹴してもいいのになぜかぞくりと感じてしまった。ゆっくりと腰を落としていく。先端が窪みに触れた。

「位置は合っているぞ。そのまま呑み込め」

「……っ、勝手なことを」

指で解したとはいえ、本物はさらに大きい。しかも最初に来るのは一番太いところだ。

佳彦は苦悶の表情を浮かべながら、なんとか先端を後孔に含んだ。と、内壁がざわめき立つのを感じる。舌なめずりして待ち受けているのだ。佐伯のモノで与えられる快楽が欲しいと。

「もどかしいな」

じりじりと腰を落とす過程で佐伯が呟いた。そしてそれまで支えていた腕から、いきなり力を抜く。

「あっ……ああっ」

支えを外され、残りを一気に呑み込んでしまった。衝撃にひくひくと背筋を引き攣らせ、身体が硬直する。深い部分まで串刺しにされて、動くこともできない。

「きっついな、少し緩めろ」

勝手なことを言う佐伯を絞め殺してやりたい。空気を求めて喘ぎながら、涙で濡れた目で佐伯を睨みつける。すると中に含んだ佐伯自身が、さらにどくんと膨れ上がった。

「馬鹿っ、大きくするなっ」

ようやく声が出たら罵声だった。

「……あんたが悪い。あんな目で見られたら逸り立つに決まっている」

あんな目と言われても、自覚のない佳彦には言い訳にしか聞こえない。胡乱な眼差しを向けるが、佐伯は熱に浮かされたように佳彦を見つめるばかり。

「も、いいからなんとかしろ。このままじゃ終わらない」

脱力して促した。きついし苦しいが、佳彦の昂りは全く萎えていない。自分の身体ながら、こんなに苦しいのに感じているなんて不可解だ。

「わかった」

肯いた佐伯が、佳彦のモノに手を伸ばす。様子を見ながら昂りに触れ愛撫した。緩やかに擦り上げ握る力を次第に強くしていく。

一応気遣っているようだが、今さらだ。

「いいからもっと」

促したら佐伯が腰を揺すった。下から突き上げるように動かされ、擦られる摩擦で快感が生まれる。胸に伸びた指が、乳首をまさぐった。

ここにも心地よい波がじわりと身体を伝っていく。強張りが取れた。きちきちだった内部にもゆとりが生まれる。佳彦は自分からも腰を動かしてみた。佐伯の胸に手をついて少し身体を持ち上げ、すとんと落とす。

「あっ」

思った以上の快感が生まれ、佳彦は仰け反った。身体中がざわめきもっと動きたいという欲求が生まれる。

腰を持ち上げ落とす。何度も繰り返す間に、佐伯も動きを合わせてきた。佳彦が腰を落とすタイミングで、自らも強く突いてくる。深い場所に当たって生まれた快感が、次々に弾けた。

「やっ、ぁ、ああ……っ」

背中を仰け反らせる。危うく倒れそうになったのを佐伯に引き止められた。下から揺さぶり突かれて、次第に恍惚(こうこつ)の境地へ誘われる。

佳彦の様子を見て佐伯の遠慮も消えた。我慢していた佐伯が、躊躇いなく自らの欲望を埋め込んでくる。深く強く下から突き上げられ、それに引き摺られるようにして、佳彦は一気に頂点に押し上げられた。

達した衝撃で内壁が痙攣し、その波動が佐伯を巻き込んだ。粘液を叩きつけられる圧力を感じ、佐伯もイったことを知る。

騎乗位で達したあと、今度は仰向けに寝かされ佐伯が乗り上げてきた。脚を大きく広げられ、肩に担ぎ上げられて淫らな肢体を晒す。

性器と化した後孔は、佐伯が中で吐き出した白濁で汚され、入り口を塞いでいた熱塊が抜けると、奥からとろりと淫液を零す。指でそこを広げられると、注ぎ込まれた液がさらに零れてきた。粗相をしたような感覚が嫌で身を捩るが、逃れられなかった。

淫らで卑猥な光景に、

「堪らない」

掠れた佐伯の呟きが聞こえる。佐伯は熱に浮かされた顔で、しばらくそれを凝視していたが、ほうっと大きく吐息を零すと、再び兆した自身を蕾にずぶりと突き込んできた。

「ああ、いい」

感じる場所で小刻みに腰を揺らされると、再び頭の中は快感に支配される。イきたいとそればかり。何度イったのか、自分でもわからない。追い立てられるようだった身体の欲求が、ようやく収束の兆しを見せてきた。

佐伯が何度目かに達したあと、

「俺はもう無理だな。あんたはどうだ」

言いながら覗き込んできた。

「わたしもだ」

とうっすら微笑んだ記憶がある。そのあとは、すとんと意識が飛んでいた。


ぱちっと目を開けると、佐伯が髪を乾かしていた。シャワーを浴びたばかりなのだろう。裸の上半身にはまだ水滴が残っていた。思わずそれが伝うのをまじまじと見てしまう。

「シャワー、浴びるか」

佳彦の視線を感じたのか、佐伯が顔を上げた。

「浴びたいが」

口にして喉を押さえる。酷いがらがら声だ。起き上がろうとして、敢えなくダウンする。

「まだ無理みたいだな。身体は綺麗にしてあるからもう少し横になっていろ。俺はちょっと署に顔を出してくる」

そうだった。佐伯は現場を離れて自分に付き合ってくれていたのだ。

「部屋にあるものは自由にしてくれ。メシは冷凍ものが何かあると思うし、マンションの一階にはコンビニもある」

そう言ってエントランスと部屋の暗証番号を教えてくれた。

「そんなに簡単に暗証番号を言っていいのか。わたしが何か盗むとか……」

言いかけると佐伯はくっと笑った。

「何かなくなっていたらあんたのところに行けばいいだけだろ。それ以前に、あんたの性格で盗みなんかできるかよ」

あっさり否定されて、どんな顔をしていいのか困った。

「わかった。いろいろと……」

礼を言おうとしたら「もう喋るな。痛々しい」と佐伯が指で口を押さえてきたので、おとなしく口を噤む。

行く間際まで、

「無理はするな、気にしなくていいからゆっくり休んでいけ」

とそればかり。よほど見た目がよれよれなのだろう。実際はそれほどのダメージではないのだが。少し休めば復活する程度。自分の身体だからわかっている。

小さく嘆息して八畳程度の部屋を見回した。ベッドしかないシンプルな部屋だ。向かいの折り畳み扉はクローゼットなのだろう。その脇に部屋のドアがある。

ベッド脇に台が寄せられ、ペットボトルが置かれていた。見た途端、喉の渇きを思い出す。肘をついて身体を起こし、手に取ると一気に半分ほど飲んでしまった。何時だろうと時計を探す。

まだ夕方の六時前だ。結構長く抱き合っていたように思ったが、それほどでもない。佐伯に勧められた通り、もうしばらく身体を休めることにして目を閉じた。ごそごそと布団に潜り込むと、すっと眠りに引き込まれていく。

次に目覚めたのは、それから一時間ほど経ってからだった。身も心もすっきりしている。ゆっくりと身体を起こし脚を下ろしてみた。今度は大丈夫そうだ。膝に力を入れ立ち上がる。ややふらつき気味だが、これもなんとかなった。途端に腹の虫が鳴る。

「やれやれ……」

苦笑しながら佐伯が畳んでくれたらしい服に着替え、ベッドルームを出て左右を見る。洗面所らしいドアを見つけて開けたらビンゴだった。顔を洗ってそれからまた見て回る。ガラスの嵌まったドアがリビングのような気がするので、そちらに歩いていく。まだ動きは鈍いが、ちゃんと歩けた。

リビングは二十畳くらいのＬＤＫになっていた。その時点で、「あれ？」と疑問を抱く。一人暮らしにしては部屋が広すぎないか？　さっきのベッドルーム、この部屋、それに廊下には洗面所以外にも別のドアがあった。

そもそも、独身の警察官は寮に入るのが原則だと聞いたことがある。ならこの家は……？

内装も広さもけっこうグレードの高いマンションだと思う。

テレビを置いたローボードの横に写真立てがあったので見てみた。家族写真だ。両親と制服姿の佐伯、それに幼い少女が一緒に写っていた。

あの少女だ！　佐伯の妹、瑠里花。

赤ん坊の頃、歩き始め、三〜四歳の頃。そしてランドセルを背負った写真。おそらくこれが、行方不明になる直前の写真なのだろう。

天使のように可愛い子だった。笑顔が愛くるしくて、もし道で行き合ったらつい話しかけてしまいそう。

「そんなことをしたら、今どきは危ない人と言われそうだが」

苦笑する。

少女の写真を見ていると、なんとなく奇妙な感覚が込み上げてきた。デジャブというか、どこかで見たようなという感じ。だが佐伯とはこの間が初対面、当然家族と知り合う機会はなかった。

佐伯から伝わってきた映像を視たからかなと考えて、そうではないと自分で否定した。

これは、もっと違う……。

写真立てを手に取ってしげしげと眺めた。そしてはっと気がついたのだ。

「わたしに、似ている……?」

男女の違いは、六歳くらいではさほど顕著ではない。少女を天使のようなと思ったが、佳彦も子供の頃は天使のように愛くるしいと言われていた。

「……馬鹿馬鹿しい」

自分で思いついて、自分で否定した。写真を見比べたわけでもないのに似ているだなんて。それにたとえ似ていたとして、それがどうだというのか。なんの関係もない。

十年前と言えば自分は十七歳。ようやく身長が伸びて平均に達し、少女めいた面影が消えつつあった時代。これで不審者を引き寄せずに済むと、心底ほっとしたことを今でも覚えている。

その頃行方不明になった少女。彼女もすでに十六歳、親元で生活していたら、高校生になっている。

痛ましいとしみじみ思った。

佳彦は写真立てを元に戻す。どうやらこの家は、佐伯一人の住まいではなく、家族で住んでいる家らしい。だが少女以外の家族はどこにいるのか。人の気配が希薄なリビングを見回して、佳彦は途方に暮れた。

しばらく立ち尽くしていると、また腹の虫が鳴る。そうだった、まずは食事優先。リビングに背を向けてキッチンに向かった。この体調で部屋を出る気にはなれなかったので、あり合わせで済ませることにする。

「冷蔵庫に何かあるって言ってたな」

遠慮なく、家族用の五ドア冷蔵庫を開けてみた。冷蔵室には見事にビールしか入っていない。それとチーズやハム、サラミなどのツマミもの。

苦笑しながら冷凍室を開けてみる。するとそこには冷凍食品がぎっしり入っていた。

「これが佐伯の食事」

身体に悪そうだと思いかけて、いやいや、今の冷凍食品は下手な主婦が作るより、味も栄養も考慮してあると聞いたことがある。

汁気のものが欲しかったので、冷凍ラーメンを手にした。野菜たっぷりと書いてある。鍋に分量の水を入れお湯を沸かす。ＩＨ仕様なのでボタン一つで片がついた。

ものの三分でできた野菜ラーメンは美味だった。

「さて、これからどうするか」

用が済んだからには長居は無用。暗証番号で開閉するのだろうから、施錠の心配はない。

電話機の横にあったメモ帳に帰宅することを書き、何気なくもう一度写真立てを眺める。その一つにペンダントがぶら下がっていた。写真の少女も可愛いそのペンダントをしていた。形見と言ったら不吉になるが、そんな気持ちでかけてあるのかもしれない。

小さな花がモチーフのペンダントを、指先でちょんとつつく。その瞬間、佳彦から現実が失われ悪夢に引きずり込まれた。

爽やかな笑顔の男が、にこにこしながら声をかけてくる。実を言うと顔も朧げでほとんど忘れていたのに、視た途端に、この男だとわかった。脳の深いところに刻み込まれていた記憶。

野崎学。当時二十四歳。

『こんにちは、ボク。道を教えてくれないかな。ちょっと困っているんだ』

頭に響いた台詞は、佳彦がそのとき言われた言葉だ。

……嘘だ。どうしてこの男が……。

誰にも警戒されない爽やかな笑顔の持ち主である野崎は、少年に異常な執着を向けるヘンタイだった。造作も整っていて、ちょっと見ただけではおかしいとわからない。当時の佳彦も全く警戒せず、呼ばれて彼の側に近づいた。そして気がついたときには、暗い部屋の中に閉じ込められていたのだ。

ガタンと大きな音がして、佳彦は自分がその場に頽れているのに気がついた。音は、弾みでコーヒーテーブルを倒したせいだ。

荒い息を吐きながら、胸許を鷲摑む。冷や汗が滲んだ。

佳彦が解放されたとき彼も捕まり、十年の刑が確定したと聞いた。とすると、すでに二十年を越える年月が過ぎた今は、釈放され日本のどこかで生きていることになる。

佳彦はぞっと身震いし、自分の身体を抱き締めた。

今では当時の野崎と変わらない体格になっているのに、男のことを思っただけで身体が硬直する。頭の中が真っ白になる。これがPTSDなのだろうか。

野崎から受けた性的虐待のせいで、助け出された佳彦は口もきけない状態だったらしい。両親や医師の手助けでなんとか回復したときには、監禁されていた当時の記憶は曖昧になっていた。無理に思い出す必要はないと医師にも言われた。

しかしその事件が経緯となって、佳彦には人とは違う能力が備わったのだ。心配し、懸命に支えてくれていた両親が、佳彦を避けるようになってしまったこの力が。

「佳彦、どうしたんだ」

慌てたように佐伯が走ってきた。帰宅して、蹲っている佳彦に驚いたらしい。助け起こされて、佳彦は佐伯の腕に無意識に縋っていた。

「佳彦?」

友人でもないのに呼び捨てにされる謂われはない、と言ったのは、視たものから意識を逸らしたかったからだ。

「はあ?　何を言っているんだ今さら」

案の定佐伯は呆れ声を出す。

「それより、怪我したんじゃないのか?　どこか痛いところは」

「ない」

佐伯の視線が腰のあたりをさまようのを断固拒否する。

「しかし倒れていたし……」

「倒れていたんじゃない。ちょっと躓いただけだ」

佐伯は言い張る佳彦を凝視してから嘆息し、コーヒーテーブルを元に戻した。

「まあいいけどな。取り敢えず座れ。ふらついているんだろ」

そう言って佐伯は佳彦を軽く押した。それだけで佳彦は、簡単にソファに腰を落としてしまう。振動が響き、思わず腰に手をやった。動くのに差し支えはなくても、まだそのあたりは敏感なままなのだ。

佐伯がバツが悪そうにこめかみを掻いている。

「俺のせいなんだろうが、謝るのも違うしな」

必要だったから、した。もちろん佳彦も佐伯に謝ってもらおうとは夢にも思わない。だが、満足そうなそのにやにや笑いは消してやりたいと思った。まるで男としての能力を自慢しているかのような笑いを。

じろっと睨むと佐伯もこちらの意図を察したのか、すっと表情を消したが、口許がしばらくひくついていた。

「で？　事件はどうなった？」

話を逸らそうと尋ねると、佐伯は気軽に立ってコーヒーを淹れてくれた。

「向こうでもコーヒーばかりだったんだが、まずくてね。あれならお茶を飲んでいる方がましだったな」

零しながら、ドリップで淹れたコーヒーの香りを楽しみながら口をつける。

「ああ、ほっとする」

佐伯はこくりと一口飲んでから、佳彦を見た。

「捕まった男は銃弾が手を貫通していたから、そのまま病院で手当を受けた。医師の許可が出れば逮捕され拘束される。人質も診察のために病院に搬送されたが、全員異常なしとのこと」

「それはよかった」

「あんたのおかげだ、佳彦、心から礼を言う」

再び真摯に頭を下げられて、面映ゆい思いをする。手を振って顔を上げるように言った。

「何度も言わなくていい。わたしだってこの力が役に立ったと思うと嬉しい。事件についてはそれでいいとして、処分は？」

「始末書を書いてきたぜ。勝手に現場を離れたこと、勝手に現場に指示を出したこと」

「勝手に？」

確かに佐伯が指示を出して皆が従っていた。勝手にということは、上司の許可なしでしたということ。だがそんなことができるのか。

「うちの上司は言質を曖昧にして、わしは知らん、と言うんだ。だからそのときは勝手にさせてもらう。だが事後は、許可なしでしたことだから処分を受けるわけだ」

「なんだ、それ。そんな理不尽な話があるのか」

思わず義憤に駆られて言ったら、佐伯は別にと肩を竦めた。

「いいんだよ。俺もそれで納得している。結局思い通りにしてるわけだからな。ま、それを許すのもこれまでの実績がものを言うんだが。そしてもう一つ、俺が警視正で課長が警視ということもある」

「警視正と警視……。え？　それって階級と役職が逆転しているってことか？」

警察について佳彦の知っているのは、小説やテレビなどで知り得たことくらいしかない。だがその範囲でも、佐伯の年齢で警視正といえばキャリア組だとわかる。それなのに一介の刑事でいるなんてことがあり得るのか。

「いろいろあるんだよ」

頭を悩ませていた佳彦に佐伯は軽く言って、ローボードの上の写真に視線を流した。

「妹だ。視たんだろ？」

「視たと言っても、あんたとあの少女が一緒にいるシーンだけだ。あとは気になって、ネットで調べた。すまない」

当人に聞かないで勝手に調べた自分が悪いと思い佳彦が正直に言うと、佐伯は苦笑した。

「いなくなったのは六歳のときだ。年の離れた妹で、本当に可愛かった。なのに学校帰りに、まるで神隠しのように消えた。両親も俺も必死で捜したし、警察も頑張ってくれたが、結局見つからなかった」

言葉を切った佐伯は、コーヒーが入ったカップをぐっと握り締める。

「今でも思い出す。『行ってきます』とあいつがこの家の玄関から出て行った姿を。俺は飲み会の翌朝で、二日酔いで頭が痛くて、ろくに見もしないでひらひらと手を振って送り出した。まさかあれが最後になるなんて思いもしなかったから。……もっとしっかり目に焼きつけておけばよかったよ」

悔やんでも悔やみきれないと佐伯が俯いた。

「生きていると信じて妹を探すために警察に入ったのに、キャリアは捜査には関わらないとあとでわかった。権限が大きい方が自由が利くと考えて、必死こいて勉強したのはなんだったのか。当てが外れてがっかりした。ノンキャリアに変更してもらおうとしたができなくて。だから降格されるよう立ち回ったんだ。その結果が今の俺だ。立てるつもりではなかった手柄を立ててしまい、いつの間にか警視正に復帰してしまったが、取り敢えず思い通りに動けるようにはなった。なんの不満もない」

キャリア官僚は狭き門だ。佳彦でも知っている。それをぽいと投げ捨てようとしただなんて呆れるしかなかった。

佳彦は首を巡らせて、佐伯がさっきまで見つめていた妹の写真を目に写す。あの可愛い少女がいなくなったのだ。もし自分ならどうだろう。同じことをしたかもしれない。

「ご両親は？」

「母親が参ってしまって。思い出がいっぱいのこの家にいたくないと言って、実家のある故郷に引っ込んでしまった。父親は仕事で海外を転々としたあと、今は母親と一緒に田舎暮らしだ。俺一人がここに住んで妹の帰りを待っている。ときおり両親もやってくるが、辛いのか長くはいない」

そのまま沈黙が続いたあとで、佳彦がぽつりと尋ねた。

「それで、わたしはどうすればいい、いや、わたしにどうして欲しい？」

佐伯は夢から覚めたように顔を上げる。そうして、佳彦が本気で聞いているのを悟ると、ゆっくりと首を振った。

「いや、これは俺が自分の手でやりたいし、やるつもりでいる。あんたの力はほかのことのために温存しておいてくれ」

「しかし……」

「実はあんたの力を知ったときには、頼もうかという気持ちもあった。だが、あんたのそれには後遺症がある。あんた自身、嫌だと強く嫌悪していた性欲だ。だから俺のために力を使ってほしいとはとても言えない。身勝手すぎるじゃないか。それでなくても、あんたには関係ない人間相手にその力を使わせて、発情させているのに」

「いや、それは……」

口籠もったが、胸の中は不思議な感動に満ちていた。なんだろう、佐伯の気遣いを温かく感じる。

そもそも最初は、無理やり力を使うように強いられて面白くなかったはずなのに。

当初の悪印象がどんどん変化していく。

結局その日は佐伯に送られて家に帰った。


日常は変わりなく流れていく。

朝は道場の掃除から始まり、朝練後、朝食。その後は学校へ指導に行くか、道場で研鑽を積むか。佐伯がちょくちょく顔を出すのも当たり前の光景と化し、門弟たちも家政婦のトミさんも、佐伯の訪問を歓迎していた。そしてまた佳彦自身も。

誘拐事件の被害者だった川内悠真は、佳彦と共に佐伯のことも尊敬していて、自分も警察官になると決めたらしい。

「やれやれ、警察官なんて、いいもんじゃないけどなあ」

どうしたら警察官になれるかと、悠真から根掘り葉掘り聞かれた佐伯は、朝食の席でぼやいていた。トミさんがくすくす笑っている。

「助けてもらったから憧れているんだろ」

「俺を見習ったら、警察官失格の警官ができるのに」

きっぱり言った佐伯に佳彦は苦笑する。

「悠真からすれば、そんなアウトロー的なところにも憧れているんじゃないか」

「そんなもんかねえ。子供の趣味趣向はわかんないぜ」

そんな平和なやり取りの間も、佳彦の意識はしばしば、ペンダントを触ったあの時間に戻る。なぜあの男が出てきたのか。ペンダントとどういう関係があるのか。

自分は過ぎ去った過去を視る透視能力を持っている。だからペンダントで視た中にあの男がいたということは、少女の行方不明に男が関与していたということにならないか？

しかし男は、少年に特化したヘンタイ性欲の持ち主で、このあたりは裁判で堂々と主張していたらしいから間違いないだろう。つまり少女を攫う理由がない。

ではなぜあのペンダントは……、とぐるぐる迷走を続けるばかり。とても佐伯には告げられなかった。自分でもあやふやなのに、下手な希望を抱かせたくない。

「調べてみるか」

佐伯は自分がすることだから手を出すなと言ったが、力を使わないでやれることもある。まずはあの男が今どうしているか。

佳彦は空いた時間に男の消息を捜し始めた。男の実家は裕福だった。検索すれば出てくるほどの名家だ。だが男の情報はない。巧妙に消されているらしい。

家の立場からしたら、不祥事を起こした息子の名を、いつまでも喧伝されたくなかったに違いない。

裁判時には敏腕弁護人がつき、危うく無罪判決が出るところだった。子供、つまり佳彦が事件のショックで証言できないのをいいことに、迷子の子供を保護しただけという強引な理屈が通りかけたのだ。

しかし警察が、男が秘匿していた写真や映像を捜し当て、ついには十年という刑が確定した。男は服役し、そして世間は男を忘れた。佳彦もだ。

おかげで捜し始めてすぐに、壁にぶつかった。男の情報がない。男がいつ出所したかもわからない。

佳彦は亡き祖父の顧問弁護士に連絡してみることにした。事件の被害者という立場なら、男の現在の居場所を教えてもらえるかもと考えたのだ。

多忙な弁護士とようやく話がつき、数日後の午後、訪問することになった。

そんなとき、佐伯が新たな事件を持ち込んでくる。今度は轢き逃げの犯人探しだった。

亡くなったのは道路を渡っていた主婦で、信号のない交差点で車に跳ねられている。目撃者によると車はいったん停まったものの、すぐにスピードを上げて走り去ったらしい。

「しかも轢き逃げ犯は、主婦を狙っていたのではないかという疑いもある」

「狙っていた？」

佐伯に連れ出され、事件現場に向かう間に説明を受ける。

「交差点の少し手前に車が停車していたという目撃情報があるんだ。主婦が見えた途端に動き出してわざとぶつかったと」

「だったらその主婦の身辺を当たった方がいいんじゃないか？　殺したいほど憎むなんて尋常じゃない」

佐伯はふふんと鼻で笑った。

「調べないと思っているのか」

調べてわからなかったから佳彦の許へ来たのだと、堂々と告げられ佳彦は嘆息した。

「わたしは困ったときの駆け込み寺ではない」

「近くの防犯カメラの映像を人海戦術で確認しているから、時間をかければ捜し出せるのは間違いない。しかし時間短縮ができればそれに越したことはないだろ。漏れなくお楽しみつきだしな」

「な……っ」

にやりと流し目を寄越されて絶句する。長年の懊悩を軽くみられたことへの怒りと、そして腰の奥でぞくりと蠢いた感覚。正直に認めれば自分の中にも「お楽しみ」を求める気持ちがある。

ぷいと顔を背け、膝に置いた手を拳に握る。その手に佐伯の手がふわりと被さった。

「頼む」

今揶揄したくせに、その言葉には真剣な切望がこもっていた。とても無視できない。

「わかった……」

事故現場の交差点には花が置かれていた。死者の遺族や友人たちが手向けたものらしい。

交差点を行き過ぎたところで車を降り、歩いて戻った。

「横断歩道はあるが信号はない。主婦は買い物帰りで急いでいたらしい。道路を渡ろうとしたところを突っ込んできた車に跳ねられた。十メートルくらい飛ばされたようだ」

「だったら車はかなりスピードを出していた？」

「ああ。アクセルを踏み込んだままブレーキもかけていない。目撃情報のほかにそうした現場の状況もあって、故意ではないかという疑惑が出て来たんだ」

「……ひどいな」

「本当にひどい。是が非でも殺すという強い意志を感じるよ。俺としてはそんなやつがのうのうとそのあたりを闊歩していると考えるだけで怒りが込み上げる。一日も早く捕まえたい」

佐伯がエコバッグを差し出した。

「その主婦のものだ。何か視えるか」

あちこち泥で汚れ、擦り切れている。事故のときに持っていたバッグなのだろう。佳彦はバッグを手に目を閉じる。意識を集中して心の目を開いた。

側に立つ佐伯の温もりが伝わってくる。何かあったらすぐに手を差し伸べようとしている気配が感じられた。それだけで、心がすとんと落ち着く。佐伯を信頼しているからだ。おかげで、素早く脳裏に影像を描くことができた。

エコバッグを手に急ぎ足で女性が歩いている。横断歩道の手前で立ち止まり、左右を見ていた。少し離れたところに車が一台停まっているのを見たが、動き出す気配がないのを確かめて車道に足を踏み出す。

が、次の瞬間、女性は恐怖に引き攣った顔で迫り来る凶器の車を見た。身体が跳ね飛ばされ、路面に叩きつけられる。

音は聞こえないが、あまりの無残さに、思わず顔を背けていた。息を呑んだ佳彦の腕に、佐伯がそっと触れる。自分の力を分け与えようとでもいうように。

ほっとして遠慮なく凭れかかり、佳彦は車が走り去るまでの映像を見届けた。冷酷な故意犯がおぞましく、吐き気がする。

ぶるっと身震いして目を開けた佳彦は、車のナンバー、特徴を佐伯に告げた。

「グレイのセダンだった」

「間違いないか」

「ああ、ただし、別の番号を上から貼りつけているかもしれない。あるいは盗難車か。こんな罪を犯そうとする人間が、素直に自分の車を使うはずがないから」

「調べさせよう」

佐伯は手早く連絡を取り緊急配備を要請する。結果が出たのはすぐだった。車はスーパーの駐車場に停めてあった。スーパー側から、ずっと停まっているのでと撤去要請が出ていた車だったのだ。

「犯人に繋がる手がかりだ」

佐伯が厳しい中にも喜色を浮かべたのは、佳彦がその車に触れれば犯人がわかるという期待感からだ。

「所轄の連中が確保してくれているはずだ。急ごう」

佳彦の腕を掴んで車に戻ってから、佐伯が「あ」と口を開いた。

「すまん、後遺症のことを忘れていた。このまま続けても大丈夫か」

気遣う視線を寄越すから、首を振ってやる。

「まだ平気だ。早く行って犯人を突き止めよう」

「助かる」

全く平気なわけではないのを、佐伯は察している。身体が熱くて、喉が異様に渇いていた。だがまだ我慢できる範囲だ。こくりと唾を飲み込み、疼きをごまかす。

その後は、悠真の事件と同じ経緯を辿った。

犯人は、さらにもう一度車を替えるという用心深いやり方をしていたが、三台目のそれは自分の車だった。シルバーグレイのワゴン車が、しばらく走ってから古物商の看板のある店の裏手に滑り込むまでを佳彦は視る。

車から降りてきたのは、特徴のない顔をしたごく普通の男。店の裏口を自分で開けて入っていくから店主か少なくとも関係者に違いない。

佐伯はどこやらに連絡し二台目の車の確保を要請すると、再び佳彦を車に乗り込ませ急発進した。

「もう少し我慢してくれ。店と男を確認するまで」

身体の奥からじわじわと欲望が込み上げてくるが、佳彦は頷いた。我慢できるはず、いやするのだ。あと少し。まだ切羽詰まってはいない……。

欲情を押さえつけている佳彦を気遣いながら、佐伯がアクセルを踏み込む。急ぐしかないとわかっているのだ。

しかし何度も熱い息を零し、辛そうに眉を寄せている佳彦を見かねたのだろう。いきなり路肩に寄せて車を停め、シートベルトを外した。何をするのだと視線を向けたら、身を乗り出して抱き締められ驚いて身体を硬くする。

男の圧倒的な熱量に包み込まれた。微かな汗の匂いとフレグランスの香りにクラクラする。同時にその腕に包まれる安心感も。一人じゃない、ちゃんと支えてくれているのだと。

大丈夫だと言いかけたら、身を離した佐伯が自らの上着を脱いで腰にかけてくれた。

「え?」

戸惑って佐伯を見たら、にやりと淫蕩に笑いかけられる。

「考えたら我慢する必要はないじゃないか。着くまでに一度か二度抜いておけばいい」

言うなり、佳彦が抵抗する暇もなく、手を突っ込んできた。前ファスナーを開けられ、佐伯の手が下着を掻き分ける。

「ちょ……っ、待て。何……を」

焦って佐伯の手を退けようとしたが、そのときにはもう佳彦のモノは直に佐伯の手に握

られていた。

「何って、ナニだよ」

「よせ……、っあ、んっ……ああっ」

弱みを心得た熟練した手でぐにぐにと揉まれ擦られると、それでなくても昂ぶっていたモノはあっという間に膨張し遂情に導かれる。どくんと溢れるモノを、佐伯の手が受け止める。いつの間にかハンカチまで用意していて、下着が汚れるのを防いでくれた。

佳彦は胸を大きく喘がせながら、呆然とする。確かに欲情して身体は熱くなっていたが、一擦り二擦り程度でイくほどぎりぎりではなかった。それなのに……。

「落ち着いたか？」

平然とした佐伯の声に、佳彦はきっと眉を跳ね上げた。まだ力の入らない身体で、佐伯を叩く。

「こんなところで……！　大丈夫だと言っただろう！」

佐伯が叩かれた頬を掻く。力など入らないままのパンチだから、たいした痛みにはならなかった。それすらも悔しい。

「けどなあ、辛そうで見ていられなかった。しかもそれは俺の無茶ぶりのせいだろ」

「だからといって……」

「そりゃ、あんたのイく顔は絶品で、堪能もさせたもらったけどな。ほら、俺だってこうだぜ」

佳彦の手を摑んで股間に当てさせる。昂ったモノが触れた。

「……っ、仕事中だろう」

「出物腫れ物所嫌わず」

「ばか……」

言いつつ悪びれない堂々とした態度に、毒気を抜かれて怒りも萎んでしまう。はあっとため息を零す佳彦を、佐伯が優しい目で見ていた。自分に向けられるその視線が面映ゆくて、すっと顔を背ける。

「で、それはどうするんだ」

「あとの楽しみに取っておく」

もう一度口の中で、ばかと呟いた。しかし差し迫った欲求が少し薄らいで楽になったのは確かだった。佐伯が車を動かすと、佳彦はできるだけ前だけを見るようにする。なんとなく今の佐伯とは顔が合わせづらい。

古物商の看板が見えてきた。佳彦が透視で見つけたシルバーグレイのワゴン車も庭先にある。少し離れたところに停車し観察した。自宅と店が一体になった建物だ。あまり手入れがされていないので、どこか古ぼけた印象がある。庭の雑草もうら寂しい風情を醸し出していた。

「流行ってなさそうな店だな」

「そもそも古物商って儲かるのか?」

「さあ?」

佐伯も首を傾げている。

見ていると自宅の方のドアが開き、男が一人出て来た。特徴のない、人混みの中では見失ってしまいそうな平凡な男だ。ちらりとこちらを見たが、車はうまく陰に隠れて見えないはず。

「どうも主婦と接点がありそうには見えないな。なんで轢き殺そうとしたのだろう」

首を傾げながら佐伯がエンジンをかけた。佳彦は「え?」と佐伯を見る。

「逮捕しないのか?」

「証拠がない」

「しかし、わたしは視たのだ。信じてくれたのではないのか」

「信じているさ、俺は。でも逮捕状を取るには客観的な根拠が必要だ」

「この間は踏み込んだじゃないか」

「あのときは川内悠真が中にいただろ。人命優先という言い訳もできた。でも今回は緊急性がない。つまり手順を踏まなければならないということだ」

佳彦は唇を噛んだ。佐伯がそんなことを言うなんて、なんだか裏切られた気分だ。口を歪めていると、佐伯が佳彦を振り向いた。

「心配しなくてもちゃんと捕まえるさ。まずは見つけた二台の車から指紋その他の遺留品を採取する。それがあの男のものだと証明できればこっちのものだ。アリバイもないだろうし。そうやって脇を固めていくのが警察の基本だ。証拠主義ってね」

佐伯が言うとどこか嘘くさい。そもそも横紙破りをしている刑事の言葉としては。だが、

「任せてくれ」

と笑った佐伯は、頼もしく見えた。

自宅まで送ってもらい、佳彦が降りると佐伯もついてきた。はしたないことに後ろに佐伯がいると思うだけで、呼吸が弾んでくる。頭の中にはもちろん、非業の死を遂げた主婦のことがある。早く犯人を捕まえたいという強い気持ちも。

だから、捜査に協力しながらこうして抱き合うのが、不謹慎にも思えるのだ。

それでいて佐伯にキスされると、いろいろな感慨はするりと佳彦の心を滑り落ちていき、あとには純粋な欲望しか残らない。

力を使ったあとはこうなる。足掻いても、何をしても、避けられない。

佐伯に協力するようになって、葛藤はあってもある程度は割り切れるようになってきた。

ベッドに押し倒され、慌ただしく前を開かれてしゃぶられる。

「あ……、最初から、そんな。待っ……」

「待たない。俺がどれだけ我慢したと……っ」

唇を窄めて呑み込まれ舌を絡められると、すでに勃ち上がりつつあったモノは、すぐに淫らな蜜を零し始める。

「甘いな」

「そんなはず……っ、ああ」

いったん唇から出してわざわざ感想を言う佐伯を、佳彦は睨む。がすぐにそれは淫らな喘ぎに溶けていった。いくらも保たなかった。あっという間に遂情に導かれ、佳彦は息を荒らげながら全身に入っていた力を抜く。頭の芯がぼうっとなっている。

だが昂りは佐伯の愛撫ですぐに復活した。佐伯は佳彦の弱みをよく知っている。何回かの逢瀬(おうせ)ですっかり把握しているのだ。

前をしゃぶりながら蕾を突かれるともの凄く感じるとか、先端を甘噛みされるとじっとしていられなくて悶えるとか。または胸も敏感に反応する場所である等々。

口を窄めて佳彦のモノを出し入れしていた佐伯が、今度は舌で嘗め回した。そうしながら根元の膨らみをこりこりと揉み、後ろの蕾をくすぐってくる。何度か指を挿れられた蕾は、佐伯のそれを感じると口を開けて自ら呑み込もうとした。奥が切なく疼いていたのだ。

「中は真っ赤だな。よく熟した果実みたいだ」

「……っ、言うな」

自分の身体のことを言われるのは、ましてその場所のことなど、恥ずかしいばかりだ。

「いいじゃないか、愛でているのだから」

「黙れ……っあ」

「素直じゃないなあ。ここ、感じるんだろ」

入り口で蠢いていた指が、するりと入ってきた。唾液その他の体液で濡れた指は、抵抗なく奥へ吸い込まれ、待ち受けていた中の襞がきつく喰い締める。

「凄い締めつけだな」

「うるさい、早く……っ」

「ああ、俺ももう限界だ」

腰に触れる佐伯のものは最初から熱く昂ぶっていた。それでも佳彦を優先させるのは、男なりの誠意なのだろう。そんなところに絆されるのだと思う。

佐伯の指が追加され中をくつろげられる。何度も出し入れをされ、奥から内壁を押されると、感じて堪らない部分が敏感に収縮した。びくびくと身体を撓らせ、指を締めつける。

「感度がいいな」

揶揄する佐伯の声も興奮で掠れている。指を引き抜き昂りを押し当ててきた。狭い入り口を掻き分けてじわりと入ってくる。最奥まで行き着いたあとは、佐伯も自分の欲求を優先した。いつもは様子を見ながら勢いを強めていくのだが、今日は本当にぎりぎりだったのだろう。直ちに抽挿に入った。

抜き出す寸前まで引いたあと間髪を入れず奥を突き、再び引き抜いてまた突く。単調なその動きがとても悦い。佳彦は息を喘がせた。熟した襞は嬉々として佐伯に巻きつき放すまいと追い縋る。

佐伯はときおり腰をグラインドさせて違う場所に当たるように加減したり、途中で小刻みに動かして佳彦の弱い場所を刺激した。その変化がまた、予期せぬ快美をもたらす。

「そこ、もっと……っ、あっ、あ、んっ」

佳彦はひたすら官能に啼き、ひっきりなしに艶声を迸らせた。身体中が喜びに湧いている。尽きぬ悦楽が佳彦を忘我の境地に押し上げた。

何度達したのか、自分でも覚えていない。自身が達するときに佐伯を引きずり込んだりもした。佐伯の一突きごとに愉悦を感じていたようだ。最後は高みに放り出されたまま長く快楽の海を漂って、自身を取り戻せなかった。

軽く頬を叩かれて、ぼんやりと目を開ける。

「大丈夫か」

佐伯が心配そうに覗き込んでいた。ようやく目に光が戻りぱちぱちと瞬きして、佐伯を捉える。

「……なんとか」

酷い声だった。佳彦はのろのろと喉を押さえる。あれだけ喘いだのだから、おかしくなるのは当たり前だ。

「イきっぱなしだったな」

佐伯が嬉しそうに言う。身動ぐと、中からどろりと溢れてくるモノがある。佐伯が佳彦の中に注ぎ込んだ体液だろう。眉を寄せ、起き上がろうとしたが、身体に力が入らない。しかも佐伯の重い身体がまだ覆い被さっているのだ。

「起きる」

「ああ、中を掻き出さないとな。手伝おう」

身を避けた佐伯が笑みを含みながら申し出るのを、冗談じゃないと撥(は)ねつける。

「自分でする」

佐伯が眉を上げた。

「その身体でできるのか？」

佳彦は黙り込む。腰から下の感覚がない。上体を起こそうとしても、力が入らなかった。

佳彦の無駄な努力を佐伯はにやにやしながら見ている。横向きになって肘をつき佳彦の身体を撫でながら。

「何度触っても奇跡みたいな肌だな」

「はあ？　何を言っている」

「いや、ほんと。きめが細かくて、しっとりと手に吸いつくようだ。いつまでも触っていたいと思わせる」

「頭、大丈夫か」

いきなりそんなことを言い出した佐伯を、佳彦は胡乱な目で見る。

「褒めているのに」

「肌を褒められてもな。わたしは男だ」

「男でも、肌は綺麗な方がいいぞ。今は手入れしてなんぼの時代だ」

「馬鹿馬鹿しい」

一笑に付して、もう一度起き上がろうとした。すかさず佐伯が手を差し伸べる。佳彦はしぶしぶその手に摑まって身体を起こした。なんとかベッドから脚を下ろしたが、とても立てそうにない。

「だから俺がしてやると」

「嫌だ。掻き出すだけでは済まないだろう」

すでに何度か身体を合わせているから、佐伯が何を目論んでいるか予想がつく。

「そりゃあ、あんたの痴態は何度見ても絶品だからな」

「もう絞りつくされて何も出ない」

ぶっきらぼうに言い放つと、佐伯は「またまた」と揶揄してくる。

「前にもそう言ってたが、最後には感じてイったじゃないか」

「それは……っ」

思わず反論して急に身体を動かしたものだから、腰にずきんときた。振り向いた姿勢のまま固まる。やむを得ず佐伯の手を借りてバスルームに向かった。

佐伯は事後の処理には、いつも不必要なほど手をかける。あれだけ何度もして、限界まで放出してさっぱりしたあとも、当人自身が物足りないらしい。佳彦に触れたがる。

丁寧に湯をかけ、付着した汚れを落とす手つきが優しくて、まるで恋人にするようだ。

そこまで考えて、佳彦は自らを戒める。勝手な解釈をするな。佐伯は欲望の解消に付き合ってくれているだけだ。自分だって、後遺症の解消に佐伯を利用しているだけ……。

そうか？　本当にそれだけ？

佐伯の手が臀部に触れ、浮かびかけていた言葉が霧散した。突き詰めると困ったことになりそうだったので、佳彦もこれ幸いと気を逸らす。

「触るな」

「しかしここも綺麗にしておかないと……」

「自分でする」

佐伯の手からシャワーヘッドを取り上げようとしたら、佐伯は「おっと」と言いながら遠ざけた。

「ふざけるな」

「ふざけてない。あんたは俺の前で尻に手を入れられるのか。あられもない姿でだぞ。全部出たかどうかも確認できないだろ」

想像しただけで反論できなくなり唇を噛む。佐伯が出て行けばいいだけなのだが、この男はうんとは言わないだろう。

「なあ、掻き出すだけだ。不埒な真似はしない。だからやらせてくれ」

誓うからとまで言われて、佳彦はしぶしぶ佐伯に任せることにした。

佐伯は確かに約束を守った。壁に縋って腰を突き出した佳彦の蕾に慎重に指を入れてきて、掻き出すことに集中する。ときおりシャワーのお湯を当てて掻き出したモノを流した。

感じる場所を慎重に避けていたことはわかっている。だが佳彦の方が反応してしまったのだ。何しろそこはさっきまでさんざん快楽を味わった場所で、その記憶が色濃く残っている。

感じまいと思っても、指が掠めただけで喜びの記憶が蘇り、腰を揺らしてしまう。さらに押し殺したつもりでも声が……。

「っ、や……ぁ、んっ」

「色っぽい声を出すなよ。こっちまでまたおかしな気分になる」

佐伯が困ったように窘めるが、あいにく佳彦はもう快楽の階を上り始めている。こうなるのはわかっていたから嫌だったのに。

「なれば、いい」

自分だけ痴態を晒すのは不公平だ。開き直った佳彦が佐伯を誘う。相手の股間に手を伸ばし、まだ柔らかなモノを捉えた。佐伯も何度もイっているから、血流の集まり方はゆっくりだ。それでも佳彦の愛撫(あいぶ)によく応え、半勃ちになる。

「よせ」

佐伯が慌てて腰を引き、昴りは佳彦の手からするりと抜けた。佳彦は佐伯を睨む。

「なぜ逃げる」

「約束しただろう、不埒な真似はしないと。触られたら俺だって我慢できない」

なるほど自制心か。

そう聞けばなおのこと感じさせたくなった。これまでの付き合いで、佐伯が意志の強い男であることはわかっている。その意志を佳彦が崩すのだ。

佳彦の顔に凄みのある笑みが浮かぶ。婀娜っぽい流し目で佐伯を捕らえて動きを封じると、正面に向き直って彼のモノを掌に納めた。

「うっ」

息を呑んだ佐伯にほくそ笑み、ぐにぐにと揉むと、中途半端に勃ち上がっていたモノが次第に硬化していく。裏側の敏感な部分を強く擦り、先端を親指で押し潰した。佐伯は歯を食い縛って耐えている。

「どうした。掻き出してくれないのか」

今度は佳彦が揶揄した。指摘されて「反則だろ、それ」と舌打ちしながら、佐伯も動きを再開する。背骨に沿って手を下ろしていき、尻を鷲掴む。左右に広げて指を入れ中で広げると、奥からどろりしたモノが零れてきた。

「はあっ……んっ」

佳彦は艶めかしく身体を揺する。佐伯もわざと感じる場所を攻めて、佳彦を呻かせた。

それまでは掻き出すことに専念して、できるだけそういう部位には触れないでいたのだ。

その違いは明らかで、佳彦は何度も腰をくねらせながら湧き上がる悦楽に我を忘れた。

さすがにすぐにイくことはできなくて、思い出したように佐伯の昂りを愛撫し巻き込みながら、緩やかに階を上っていく。

「イく……、ぁ」

昂りから達した証がほんの僅か零れ落ちた。佳彦が愛撫していた佐伯のモノも、膨らんだかと思うと急速に力を失った。どうやらイったようだ。

力が抜けた佳彦の身体を佐伯が抱き留め、あとは機械的に身体を洗ってバスルームを出る。余計なことをしたせいで、まさに疲労困憊。

「俺は誘惑された」

佳彦をソファに座らせてせっせとシーツを換えながら佐伯がぼやく。

「不満なのか」

「いや、光栄ですよ。あんたに天国を見させてもらったから。ただねえ……」

「自分が主導権が握れなかったことが面白くないと」

「……しないと言ったのに、結局してしまった自分に呆れているんだ」

綺麗になったベッドに、佐伯に助けられながら身を横たえ佳彦は笑った。

「わたしは満足だ。誘惑が功を奏したということだから」

佐伯はそんな佳彦をちらりと見てから嘆息した。

「だったら、ま、いっか」

傍らに横になり、佳彦の身体を抱き寄せる。佳彦も逆らわずに佐伯の腕の中に収まった。

疲れた身体ではすぐに眠気が襲ってくる。うとうとしながら佳彦の脳裏には、また同じフレーズが掠めていた。まるで恋人同士みたいだと。

すぐに打ち消したが、そのフレーズは消しきれずに佳彦の心でゆらゆらと揺れていた。

好きか嫌いかと聞かれれば、好きなのだろう。佐伯の好意も感じないではない。問題はお互いそれがどの程度の好きかということだ。

短い間に深く佐伯を知ることになった。アウトローっぽいところも、真摯に刑事の仕事に取り組んでいるところも。佳彦のような特殊能力をするりと受け入れたり。人としての厚みが、ときに眩(まぶ)しく感じる。

それでも、男同士というところに躊躇いがある。認めて突き進むには、もう一つ何かが足りないのだ。

　夜明け前に、佐伯は、

「一度家に帰って着替えるから」

　と帰っていき、佳彦はベッドに横たわったまま、白々と夜が明けていくのを見つめていた。ベッドがやけに広く感じるのは気のせいだと言い聞かせながら。


　轢き逃げ犯は、あっさりと逮捕された。放置されていた二台の車から男の指紋が見つかったのだ。最初は車を盗んだ罪で逮捕され、追及されて轢き逃げも認めた。盗みの現場を見られたからというのが、主婦を狙った理由だという。

「呆れるだろ、古物商をいい隠れ蓑にして、自分が盗んだ品を売っていたんだ」

　事件の解決後にやってきた佐伯は、トミさんが作った大根の味噌汁をずずっと啜って美味いと感嘆の声を上げた。説明しながらどんどん箸を伸ばし、佳彦の好きなだし巻き卵も冷や奴も里芋の煮物も、みるみるなくなっていく。

　佳彦も朝練のあとだから相応に食べるが、佐伯の食欲には負ける。唖然としている間におかずはなくなってしまい、残るは漬け物ばかり。仕方なく佳彦はトミさんにお茶漬けを頼んだ。

「だが遺族に聞いても、主婦が何かを見たという証言は出てこなくて、どうやら犯人の勘違いらしい」

「浮かばれませんわねえ、その主婦の方も。勘違いで殺されるなんて」

トミさんが佳彦の茶碗に湯を注ぎながらしみじみと呟き、佐伯も肯いた。

「せめて俺たちにできるのは、やつの罪をできるだけ重くすることだ。過失致死ではなく殺人罪で起訴できるよう、証拠を掻き集めている。盗みや故買についても調べを進めているから。絶対に逃さない」

きっぱり断言したところは頼もしいのだが、直後に佐伯は「おかわり」とトミさんに茶碗を差し出した。

「三杯目だぞ。おかずもないのに」

ぼそりと呟いた佳彦の声は聞こえたのかどうか。残っていた漬け物まで綺麗に腹に納めてから、佐伯は悪びれず「ごちそうさま」と言って帰っていった。

「何しに来たんだ？　あいつ。朝食を食べに？」

朝練後にひょっこり顔を出した佐伯のことをぼやくと、トミさんがころころと笑った。

「気持ちのいい食べっぷりではありませんか。こんなに食べていただくと、作りがいがありますよ。それに若先生に報告に来られたんでしょ？　あの轢き逃げ事件、協力されたんじゃないですか？」

川内悠真の事件以来、佳彦にときどき捜査協力してもらっているのだと佐伯がトミさんに伝えてある。道場主という役目柄、地域の事情に詳しいからと。

佐伯がしょっちゅう出入りする表向きの理由にもなっていた。

「……それはまあ、そうですが」

「律儀な方じゃありませんか」

トミさんは福々しい顔で笑っている。だから、律儀の代償でエンゲル係数がとんでもないことになりそうだ、とぼやくのは口の中だけにしておいた。


弁護士と約束した午後、事務所を訪問した佳彦を、好々爺然とした弁護士は懐かしそうに迎え入れ、祖父に似てきたねと笑う。

「目許とか鼻とか、若い頃の彼は美男だったよ。君と同じだ」

懐かしそうにしたのは、祖父の面影を佳彦に見たからららしい。

「あれほど頑固にはならないでほしいが」

笑いながら言った彼に、佳彦も苦笑する。

「できるだけ柔軟に対処するよう心がけます」

時候の挨拶のあとで、佳彦はさっそく用件を切り出した。多忙な弁護士の時間を雑談で潰してはと配慮したのだ。

「野崎学の居場所？　どうしてまた……。まさか、現れたのか！」

訝って首を傾げたあとで、弁護士はいきなり身体を乗り出した。懸念に満ちた顔を見て、佳彦は慌てて首を振る。

「違います。そうではなくて、最近またあの頃の夢を見るので、相手がこの近くにいないことを確認したかったのです」

「そうなのか。それならよかった。しかし、夢？　確か事件は二十年くらい前だったね」

「はい」

肯いて佳彦は口実にするつもりだった川内悠真のことを口にする。

「つい先日、わたしの道場に来ていた子供が誘拐されまして。状況が似ているので古傷が疼いたのではないかと思っています」

「ああ、あの。ニュースで見たが、君の道場の子供だったのか」

そうか、それはぶり返すかもしれないな、と口の中で呟いて席を立った弁護士は、パソコンで資料を検索し、書庫から古いファイルを取り出してきた。

「野崎は実刑十年を食らったが、八年で出所している。模範囚だったかららしい」

「では今は実家ですか？」

実家ならここからかなり離れている。新幹線で行く距離だと思えば、ひとまず安心だ。佐伯の妹とも関わりはないだろう。

「いや。さすがに前科のつく息子は近くには置きづらかったようだ。こちらにマンションを買い与えて一人暮らしをさせている。まあ親は財産家だったし、当人も祖父母からかなり生前贈与をもらっていたみたいだからね。個人的にはそうした甘やかし方にわたしは反対だ。額に汗して働くことを知らないと、ろくな子ができない。今はもう四十歳を超えているか。ちゃんとした大人になっているといいがね」

マンションの住所を教えてもらう。

「今もそこに居住しているはずだ。所在をはっきりさせておくことが、民事での条件だったからね。念のため、あとで先方の弁護士に確認しておこう。そこに住んでいないとわかったらまた連絡するよ」

「お願いします」

「これは忠告だけど、会わない方がいいよ？　一時的に記憶が蘇ったのだとしても、そっとしておけばまた静まるものだ。掻き立てるのが一番いけない」

その忠告には曖昧に肯いておく。佳彦もまだどうするか決めかねていたのだ。その後近況を話すなどしてから辞去した。

「またいつでも遊びにおいで」

温かな言葉をかけてもらった。

帰路につきながら、佳彦はメモにあるマンションの住所に目を落とす。佳彦たちに不安を与えないように、当時の住まいから離れた場所に居所を定めたのだろう。

自宅行きの電車に乗ろうとして気が変わり、列から外れた。迷惑そうな顔を向けられながら人混みを抜ける。野崎学の住む街に向かうことにしたのだ。単純に、住んでいるところを見てみたかった。

最寄り駅で降り、駅前の案内板で番地を確かめる。野崎のマンションは駅からさほど遠くない場所にあった。住所を確認し、駅を背に歩き出した途端、嫌な汗がじわりと滲み始めた。なぜか呼吸が荒くなり心臓が不規則な鼓動を打つ。

マンションに近づくにつれ、気分の悪さはますますひどくなった。その角を曲がったら目的地が見えるというところで、とうとう歩けなくなる。佳彦は傍らの壁に手をついて身体を支え、もう片方の手で胸許を押さえた。

吐き気がする。湧き出てくる酸っぱい唾液を何度も飲み込んだ。

「どうしたんだろう……」

荒い呼吸を繰り返しながら、佳彦は自分でもわからずに首を傾げる。手の甲で額に浮いていた汗を拭った。

だめだ、気持ち悪い。どこか座れるところ、と切羽詰まった気分で周囲を見回し、少し引き返した場所にある喫茶店を見つけた。

よろよろと向きを変え、なんとか辿り着く。カランコロンと心地よいドアベルが鳴り、それと同時に気分の悪さがすーっと消えていった。

自分でもあっけに取られて立ち尽くしていると、「あの、お客様？」と不審そうに声をかけられ我に返った。

「あ、どうも。どこへ座れば……」

「空いていますからお好きな席へどうぞ」

促されて奥まった席に座りコーヒーを頼む。豆を挽く音がして程なく香ばしい香りが漂ってきた。たまたま入った店だったが、ここのコーヒーは当たりだった。

香りを吸い込み、まだ微かに残っていた不快感を追い払う。コーヒーを味わいながら今自分に起きた現象を考える。

「トラウマか」

そうとしか考えられない。二十年も経っているのに、佳彦は野崎学に本能的な恐怖を覚えるのだ。だから近づこうとすると体調が悪くなる。

コーヒーを飲み終え、外に出て一息ついた。もう一度野崎のマンションを目指して歩き出す。たちまち冷や汗が浮かんできた。吐き気も再燃する。

立ち止まった佳彦は、心が身体に及ぼす不思議を思った。トラウマ、あるいはＰＴＳＤと言い換えてもいいが、大人になった今も自分は当時の恐怖を身の内に飼っていたのだ。もっとも、だからこそ、透視力などというおかしな力が消えずに備わり続けているのだろう。心の奥に潜む深淵。

「駄目だ、行けない」

佳彦は思い切りよく引き返した。体調不良を堪えてここにとどまっても無駄なだけ。

理性では、今さら野崎が自分に何もできないのはわかっている。剣道で身体を鍛え、道場主まで務めているのだ。竹刀があれば、たいがいの相手は叩き伏せる自信はある。だが理屈ではこの恐怖は消せなかった。これ以上野崎へのアプローチは無理だ。

だったらどうするか。透視力を活用するしかない。あのペンダントだけではなく、少女が残したほかのものに触れれば、きっと何かわかるに違いない。

「佐伯に話すか」

頑固なあの男にはまた断られるかもしれないが、昔自分に関わった変質者と関係があるかもしれないと伝えたら、受け入れるのではないか。変質者というフレーズで、絶望感を味わわせてしまうかもしれないが。そのあたりはよく説明して……。

会わなければならないと思った途端、そわそわと佐伯の来訪を待ってしまう。そういうときに限って、やってこないのだ、佐伯は。だからようやく佐伯の顔を見たとき、佳彦はきっと彼を睨みつけていた。

心当たりがない佐伯が「なんだ?」と身を引いたのは当然だろう。その襟首を摑んで自宅に引っ張り込む。

「おい、どうしたんだよ。朝練の時間だろ」

集まっていた門弟たちが目を剥いていたのも頭にない。

「それぞれが勝手にやるだろう」

道場主にあるまじき発言をし、佳彦は「さて」と佐伯を見据えた。

「なんで来なかった」

「なんで、と言われても、仕事が忙しかったので」

「どんな事件だ」

「それは守秘義務があるので」

「今さらそれを言うのかっ。さんざん巻き込んでおいて……」

と勢い込んで詰ろうとしたら、

「あら、佐伯さん、お久しぶり。朝ご飯、食べて行かれますよね」

とトミさんが台所からにこにこと声をかけてきた。タイミングを外されて舌打ちしかけ、何をやっているんだ、わたしは、と頭に上っていた血がすとんと落ちた。

嘆息し「着替えてくる」と背を向ける。道場にいたから胴着姿なのだ。

「話があるから帰るなよ」

一言言い置いて道場に戻り、騒がせた詫びを告げて自主練を促し自室に向かう。まだ汗も掻いていなかったので、シャワーは省略して服を改めた。

ダイニングでは佐伯がトミさんを手伝って、朝食の準備をしていた。

「マメだな」

と声をかけると、

「働かざる者食うべからず」

などと返してくる。朝練を抜けてまで佳彦が話したいことに興味津々のはずだが、佐伯はあくまで自然体でいる。時間があるときは側にいてお代わりもよそってくれるトミさんだが、今日は忙しいらしい。

「あとはご自分でなさってくださいね。あいすみません」

と言いながら帰っていった。

しばらくは食事に専念する。言いにくいことを言うのだ。空腹は解消しておくに限る。

食後のお茶を手に、佳彦が顔を上げた。ずっとこちらを見ていたらしい佐伯が、にかっと笑う。

「話があるんだろ。聞くぜ」

佳彦は一度深呼吸した。それから一気に畳みかける。

「あんたの妹さんのことだ。わたしに視させてくれないか。実は写真にかけてあったペンダントに触れたとき、昔わたしを誘拐して監禁した男の顔がちらりと視えたのだ。どんな関わりがあるかわからないのが気になって堪らない」

「誘拐、監禁……?」

予想外の言葉だったのか、佐伯がオウム返しに呟き、そのあとでぱっと顔色を変えた。

「その男が瑠里花を攫ったというのか!」

テーブル越しに佳彦に摑みかかってくる。痛いほど肩を摑まれ揺さぶられた。テーブルの上のものががたがたと揺れ、今にも落ちそうだ。

「痛い、落ち着け！」

佐伯も無意識にしたことだったのか、「痛い」と佳彦が言うと慌てたように手の力を抜く。だが切実な欲求を含んだ目で迫られた。

「すまない。だがそれは本当か。……っていうか、あんた誘拐されたことがあったんだ」

聞き出さずにはおかないという強い決意を漲らせて尋ねてくる。佳彦は苦笑して認めた。

「この力が目覚めた原因だ。以前にきっかけはわからないと言ったが、実は誘拐されて性的虐待を受けた、そのことが引き金となっている。なんとか生きて救出されたが、ショックでいろいろおかしくなっていた。最初は支えてくれていた両親も、力のことがわかると気味悪がってわたしに触れなくなり、祖父が見かねて引き取ってくれたのだ」

「それは……」

佐伯は固まったまま佳彦の告白を聞いている。何度か口を開閉させたが、さすがに言葉が出て来ないようだ。内心で引いているのではないかと危惧した。こんな凄惨な過去を聞かされたらどうしていいか、誰だって困る。

たんたんと喋りながら佳彦は、まるで他人事のようだなと思う。特になんの感慨も覚えないのだ。これまでの経緯については、どうやらもう自分の中で解決済みだったらしい。

野崎当人には、強い拒絶反応が出るが。

「ペンダントに触れたとき、なぜかその男の顔が浮かび上がってきたのだ」

「それって、もしかして……」

佐伯が期待に声を震わせる。佳彦は慌てて手を上げ「待て」と佐伯を制止した。

「だが男は少年にしか興味が抱けないたちなんだそうだ。法廷でも自らそう言っていたらしい。だから男が、あんたの妹さんをどうかするはずがないんだ。それなのに視えた。結局どう繋がっているか、わたしには判断できない。なので、何か妹さんに関係する品を触らせてもらえないだろうか」

佳彦が言い終えると、佐伯は身を引き椅子に背中を預け考え込んだ。眉間に皺を寄せ深い思いに沈んでいる。佐伯の返事を待つ佳彦は、なぜそんなに考えることがあるのかと疑問を感じていた。

なぜなら佐伯こそが、妹の安否を知りたくてその為に刑事にまでなった男だからだ。手がかりが摑めそうなのに逡巡(しゅんじゅん)する理由がわからない。

だが五分経っても、佐伯は俯いた顔を上げなかった。とうとう痺れを切らした佳彦の方から催促する。

「佐伯、どうなんだ」

声をかけると、佐伯ははっと顔を上げた。佳彦を見て迷うように視線をさまよわせる。

そのあとで、目を伏せ断ってきた。

「せっかくだが、遠慮させてもらう」

「え⁉」

拒絶に、佳彦は呆然とした。聞き違えかと佐伯を見つめる。

「今、遠慮と言ったのか」

と聞き返すと佐伯は佳彦を見てしっかり肯いた。

「どうしてだ！　妹さんの消息がわかるかもしれないんだぞ」

「だからだ。だから聞きたくないんだ」

「はあ？　わけがわからない」

佐伯は太い息を吐いて、顔を覆う。その間からぼそぼそとくぐもった声を漏らしてきた。

「十年だ、佳彦。妹がいなくなって十年。生きていてくれと願い信じていると公言はしてきたが、本当はその希望が儚いものであるとわかっていた。だからあんたに視てもらうのは、怖いんだ」

「は？」

「瑠里花の死を知らされるかもしないと思うと、怖い。見ろ」

突き出された手が震えていた。男っぽい節のある指が小刻みに揺れている。佳彦がそれを目に留めたのを確認してから、佐伯はぎゅっと拳を握り込んだ。

「佐伯……」

「これまでどれだけ探しても瑠里花の行方はわからなかった。時間が経てば経つほど生存の可能性は失われる。でも見つからないことにある意味安堵していた。瑠里花は死んでいないと思い込むことができたから」

佳彦は何も言えなかった。希望に縋りついた十年という年月の重みが、佐伯から伝わってくる。

「あんたの力を使えば、瑠里花のことがわかるかもしれない。だがそれは、最悪の形でという可能性もある。前に言われて断ったときは、そこまで考えていなかった。自分のことであんたに負担をかけたくないという気持ちの方が強かったからだ。だが改めて申し出られると……」

一度言葉を切ってから、佐伯は振り絞るように訴えた。

「知りたくないんだ」

しばらくして佐伯は「すまない、ありがとう」と頭を下げ帰っていった。

佐伯が帰っていくのを佳彦は呆然と見送った。どう言葉をかけていいのかわからなかった。気持ちはわかるなどとても言えない。十年という重みを感じるばかりだ。

それでも、少女の行方は捜さなくてはと佳彦は思う。突き止める手段があるのだから。佐伯にしても、どこかでけりをつけるべきなのだ。このままでは自分の人生を生きることができない。

第三者だからそんなことが言えるという非難は敢えて受けよう。動いた結果、もし妹の死がわかったとしたら、佐伯には心から謝るしかない。

とはいえ野崎の関わり方も今はまだ不明だし、とにかく、真実を確かめるのが先だ。どこに突破口を見つけるか。これまでやったことはないが、何もない状態で透視はできないのだろうか。

佳彦は当時の新聞を図書館で探し、瑠里花の顔写真を手に入れた。それを手に精神を集中してみる。脳裏に瑠里花の顔を思い浮かべ、『君はどこにいるんだ』と話しかける。細い糸のようなものがどこかへ伸びようとしていた。

できるかも、と一瞬喜んだが、それはすぐに力を失いぬか喜びに終わる。やはり本人に関わりのある品がないと無理なようだ。

佐伯のマンションに行けば何かあるだろう。幸いと言っていいのか、暗証番号は知っている。だが当人の許可なく入室したら、それは不法侵入だ。

後ろめたい思いを抱えながらも、佳彦は佐伯のマンションに向かう。あらかじめ警察に電話して佐伯が署内にいることを確かめた。あとは自分にその先に進む覚悟ができているかどうかだ。

マンションに着く。エントランスは暗証番号を押してなんなく突破した。表向き平静を装っているが、心臓はばくばくしている。エレベーターに乗り目的階で下りた。佐伯の部屋の前に立って、ごくりと喉を鳴らす。

今度は部屋の暗証番号を打ち込もうと伸ばした指が震えていた。駄目だ。一度手を引きもう一方の手を被せる。ぎゅっと握り締めた。

「どうするんだ。覚悟を決めてきたんじゃなかったのか」

このままおめおめと帰っていいのか。

意を決してもう一度触れた手は、今度はしっかりと番号を押した。ドアが開く。

佳彦は表情を引き締めて、中に踏み込んだ。先日来たときには入らなかった部屋を覗く。最初に開けたのはどうやら佐伯の両親の部屋らしい。

すぐにドアを閉ざし、向かい側のドアを開ける。ここだ。女の子らしい色彩に溢れていた。ぬいぐるみや人形が飾ってある。机の上にはランドセルをしょってピースサインをしている少女の写真が。

失踪してからの十年間、部屋はずっとこのままだったのだろう。フリルのついたカーテン、ピンクのベッドカバーの掛かったベッド、教科書が並ぶ本棚。こまめに掃除してあるから綺麗だが、主が不在なので空虚な印象がある。

残された家族の悲嘆と後悔と怒り、そして希望の部屋。

何気なく机に触れただけで情景が浮かびそうになり、慌てて意志の力で抑えつけた。ここで力を使って、その挙げ句に欲情するわけにいかないのだ。

何か小さいもの、佳彦が持ち出せるくらいの品がいい。部屋に戻ってそれに触れそして少女の行方を探るのだ。

ベッドの枕許にきちんと並べられているぬいぐるみに目がいった。着せ替え人形も。少女を偲(しの)ばせるものならこの人形がいいのではないか。

佳彦はハンカチを出して人形をくるむ。ほかのものに触れないように注意しながら部屋を出て玄関に向かった。目的を達したからは、もうここに用はない。

玄関を閉ざすときに肩越しに中を振り向いた。自分は再びここを訪れることがあるのか。佐伯は佳彦のしたことを知れば激怒するだろうし、そうなれば二度とここに招待されることはない。

諸々の思いを振り払い急いで自宅に戻るとソファに腰を落ち着けた。玄関にはチェーンをかけ、携帯電話の電源も落とす。誰にも邪魔されない状態にしてから、佳彦はハンカチから人形を取り出した。

両手で包み込むようにして握り締める。目を閉じ、意識を深く研ぎ澄ませた。

すぐに何度も視た愛らしい少女が浮かんできた。フリルいっぱいのドレスを着て、どうやらピアノの発表会らしい。髪にたくさんの小花を散らしている。真っ白いドレスのせいもあって、本当に天使みたいだ。

次はランドセルをしょって登校するところ。これが百八十度印象が変わっていて微笑ましい。少女はTシャツにジーンズというボーイッシュな服装で、動作もきびきびしていた。男の子たちに交じって野球をしていたが、髪も短いし、ちょっと可愛い男の子、でも十分に通る。もともと活発な少女だったらしい。ピアノ演奏時のおめかしが特別なのかも。

次々に移り変わる映像を、佳彦はそのまま視続けた。そして運命の朝。

手を振って駆け出していく少女。学校へ行き、授業を受け、放課後。

いつもの通学路を帰っていくその姿は、一見少女には見えなかった。服装も男の子が着るのと大差ないシャツとジーンズで、ふわふわしたイメージはどこにもない。ランドセルも青色で、あまり女の子女の子したのは好みではないのだろう。

「もしかして男の子と間違えられた……？」

以前からもやもやしていた疑念が、ここにきてぽかりと浮上してきた。自分に似ているとデジャブを感じたこと。まだ思春期前でそれほど男女の区別がつかないこと。それらが、少女の前に現れた男を視て現実となった。

野崎学……！

佳彦は息を潜めるようにして、脳裏に流れる映像を追う。これが過去の出来事で自分は透視力で追想しているだけとわかっているのに、身体が震える。今から十年前の野崎は、佳彦が幼かったときとあまり変わらない容姿をしていた。

映像では、前方からわざとらしく道を探しながら歩いてきた野崎が、地図を片手に少女に話しかけている。少女ははきはきと答えているようだ。

その間に野崎のもう一方の手がさりげなく少女の首筋に伸びる。きょとんと見上げた顔がそのまま表情をなくし、身体ごと倒れ込んでいった。それを素早く抱き上げた野崎が周囲に気を配りながら、少し離れたところに停めていた車に運び込む。

それ以上視ていられなくなって、佳彦はぱっと目を開けた。息苦しくて、自分がいつの間にか呼吸を止めていたことに気づく。喘ぎながら何度も深い呼吸を繰り返した。

当然映像は消えているが、苦しい。心臓もいつもよりはずっと早く、どくどくと脈打っていた。

「あれをわたしもやられたんだ……」

男が持っていたのは、四肢を麻痺(まひ)させる薬剤だ。首筋にちくりと刺されただけで意識を失う。

佳彦はのろのろと視線を動かし、手にした人形を眺めた。

自分を誘拐し性的虐待を与えた罪で十年の刑期を食らった野崎が、再び罪を犯している。刑務所に入っていた期間は、野崎にはなんの影響も及ぼしていないのだろう。これっぽっちも反省している様子はない。

出身大学を見ても頭のいい男だったようだから、佳彦のときのような失敗をしないよう、用意周到に準備していたはず。

それなのに攫ったのは女の子だった。

そうとわかったとき、野崎は少女をどうしたか。

嫌な感じがして背筋に悪寒を覚えた。

手にした人形をそっと目の前のテーブルに置く。そのまま自分の身体を抱き締めた。続きを視ようと自らを奮い立たせるまで、しばらく時間が必要だった。

佐伯が知りたくないと言った気持ちが、今こそわかる。

葛藤で冷たい汗を滲ませながら、佳彦は再び人形を手にした。深呼吸を何度か繰り返して意識を統一する。目を閉じ、心の触手を伸ばしていった。

だが今度は映像を捉えられない。さっきは少女の日常まですするすると浮かんできたのに。誘拐されてどうなったか、一番知りたいところが透視できない。

何度かチャレンジして失敗しているうちに、後遺症の性欲が目覚めた。ざわざわと肌が粟立つ。中心が急激に力を蓄えた。こうなったらもう止めようがない。

「まだ、肝心なところを視ていないのに」

佳彦は唇を噛んだが、やむなく一時中断してバスルームに向かう。この先にはまたあの長く辛い時間が待ち受けているのだ。佐伯の手を借りない自慰は、何度達しても満足を得られず、発散しきるまで時間がかかる。

佐伯と交歓することに慣れた身体には、一人での自慰は苛酷だった。それまで以上に耐性がなくなっている。

バスタブの中でシャワーを浴びながら、佳彦は一匹の獣と化した。自身を擦り上げて何度も達し、それでも込み上げてくる情欲に翻弄された。達しても収まらない熱は佳彦を苦しめる。男はイけば終わるから楽だなんて、誰が言ったのか。

ようやく解放されたとき、佳彦は疲れ果ててバスタブの縁に頭を凭せかけていた。脱力しきって動くのも大儀だった。

だがまだ、しなければならないことが残っている。

佳彦はきつい身体を無理に持ち上げた。よろよろしながら立ち上がり、バスタオルを腰に巻いて居間に戻る。頽れるようにソファに座ってから、もう一度人形を取り上げた。

「今度こそ」

念じながら目を閉じて、映像が浮かぶのを待つ。だがまたもや失敗だった。何かが力の発動を邪魔している。おそらく心理的なブロックが強いのだろう。

惨劇を視たくない気持ちと、そして少女を視るためには野崎を視なければならないというプレッシャー。

野崎は佳彦にとっては強いトラウマの相手だ。弁護士から住所を聞いて出かけたのに、結局行き着けなかった。

視えなくても当然か。

佳彦は透視を諦め、人形を丁寧にくるみ込む。佐伯にとって大切な妹の形見だ。必ず返さなければならない。

透視が駄目となれば、すべきことははっきりしている。野崎の住まいを訪れ、少女がどうなったかを確認するのだ。自分がどんなに怯(おび)えていようと。

野崎の仕業とわかったのだから、佐伯に視たことを告げて調べてもらう方法もあった。だができない。

勝手に行動して暴いた挙げ句、辛い部分を佐伯に丸投げしてしまうのは違うと思うのだ。最終的には佐伯に動いてもらうことになるだろうが、せめて彼の負担を減らすために、妹がどうなったかだけは確かめたい。そうすれば佐伯も、心の準備をして野崎に対することができる。

理性でそこまでわかっていても、野崎の住まいに出向くと考えるだけで佳彦はストレスを感じる。怖いのだ。今はもう幼い子供ではないと思うのに。刻まれた恐怖が野崎をモンスターに変えてしまう。これは理屈ではない。

本人に会う必要はない。郵便受けに触れるだけでもいいのだ。部屋番号はわかっているのだから。

何度もそう自分に言い聞かせ、ようやく行動を起こす。

携帯電話をポケットに入れ家を出て地下鉄に乗った。車の運転は無理だと思ったからだ。最寄り駅を出るまでは異常なく進めた。意識して背筋を伸ばし前だけを向いて歩く。

ちょうど曇りで雨が降りそうだったので、傘を持参している。もしものときはこれを竹刀代わりに……。

そんなことを考えながら、傘の柄をぐっと握り締める。

角を曲がれば野崎のマンション、というところまでやってきた。この間はここから進めなかったのだ。そして今も。

佳彦の脚はぴたりと止まって動かない。後ろから歩いてきていた通行人がぶつかりそうになり、舌打ちして佳彦を避けていった。

ここにいたら邪魔になる。ぎくしゃくと歩道の真ん中から右端に寄った。滲んだ汗をぐいと拭う。

今日はここで負けるつもりはなかった。胸がむかむかし吐き気がするのをぐっと堪えて、足を踏み出す。下を向いたまま、一歩、二歩と機械的に靴先を前に出し、頭の中を空っぽにして前に進むことだけに集中する。

いつの間にか鬼門だった角を曲がっていた。足を止めずに歩くことを自分に強いてさらに進み、そろそろかと立ち止まる。そっと顔を上げてみると、無意識にうっと後退りしかけた。野崎の住むマンションの前だったのだ。

来た……、ようやく。

なんとか踏み止まりこくりと唾を飲み込んだ。いったん脇に寄り、佐伯にメールを打つ。すぐに来てもらっては困るから時間指定で送った。自分に何かあったときも、野崎の情報が佐伯に伝わるようにだ。

　保険のつもりだった。それだけ野崎に対したときの自らの反応に自信がない。

　携帯電話をしまい、マンションの様子を見る。なかなか高級そうなマンションだ。エントランスに管理人が常駐するタイプのようだった。入り口のロックを外してもらうには、中からの操作がいる。どうしたものか。

　悩んでいると不意に背後からねっとりした声がかけられ、ぎくっと身体が硬直する。

「これはこれは、なんとも珍しいお客さんだ。面影が残っているから一目でわかったよ。清家佳彦君。僕に会いに来てくれたのかい？」

　ぎぎぎと音がしそうなほど、油ぎれの機械よろしく首を回す。爬虫類(はちゅうるい)特有の粘っこい視線が佳彦を捉えた。

　野崎学……、と認識したあとの記憶がない。

　気がつくとベッドに寝かされていた。服は着衣のままだが手足をベッドの四柱に拘束されている。傍らに椅子を引き寄せて野崎が座っていた。

　四十歳を超えているというのに、あまり変わっていない。皺のないつるりとした顔に、旧家の跡取りだった育ちのよさが窺える上品な目鼻立ち。

　だがその目は……。

底なしの深淵を覗き込むようで、佳彦はぶるりと身体を震わせて視線を逸らす。見ていたらその中に引きずり込まれそうだ。恐怖で心臓が重苦しく高鳴っている。額にも脇の下にも、冷たい汗が浮いていた。

それでも会う前の闇雲な怯えは少し減っている。現実の野崎を前にして、恐怖が恐怖を呼ぶ状況から解放されたのだ。

佳彦からすれば胡散臭い、しかし見た目には爽やかな笑みを浮かべて野崎が話しかけてきた。

「ようやくお目覚めか。まさか僕の顔を見ただけで気を失うなんて、嬉しいね。それだけ僕のことが君の心に刻み込まれているということだから」

「これを解け」

声を出そうとしたら、喉が干上がったように掠れていた。無理やり唾を飲み込み、縛られた手を動かしながら、なんとか強気の言葉を押し出す。顔を見ただけで意識を失った情けなさが、佳彦を奮い立たせていた。

抱えられて部屋に連れ込まれたのだと思うとぞっとするが。

野崎がわざとらしく目を瞠る。

「なんで？　やっと本物が手に入ったのに、手放すはずがないだろ？」

気障なウインクつきでの台詞に、まさかと愕然とする。

「……あんたは、少年にしか興味がないって」

「そうだけどね。君だけは別格みたいだ」

野崎は嬉々として手を伸ばし、佳彦の頬を撫でた。ざっと鳥肌が立つ。

「触るなっ」

激しく首を振って野崎の手から逃れた。

「そんなふうに嫌がられると逆に燃えるね」

野崎は片方の手で佳彦の顎を摑み、骨が軋むかと思ったほど強く力を入れてきた。

「ぐぅぅ」

痛みで顔を引き攣らせ、全身を突っ張らせる佳彦を見て満足そうにしながら、野崎がもう一方の手で再びその頬を撫でる。

「逆らうんじゃない、佳彦。もっと酷い目に遭わせるよ?」

柔らかな顔と口調で、恐ろしい宣告をする。そうだ。子供の頃もこうして逆らえなくさせられたんだった。おとなしくしていると優しくされ、少しでも逆らうと痛みを伴う罰が待っていた。

嫌で嫌で堪らなかったけれど、それを態度に出すと酷くされるので、次第に自分の感覚を麻痺させ、感情を呑み込むようになった。

悪夢は延々と続き、その間佳彦は、少しでも野崎の意を汲むように、神経を尖らせて彼の意向を読み取るように務めた。すると上機嫌の野崎は、それまで食べたこともないごちそうを用意してくれたり、ゲームなども山のように与えてくれ、綺麗な服を着せてくれたりしたのだ。

だがひとたび彼の意に背くと、つらい責めが待っていた。

当時、助けられたときに佳彦が感情を失ったように見えたのは、そうした日常の中でだんだんと心が麻痺していったからだろう。さらに生きるために野崎の意向を探ろうとした能力が研ぎ澄まされ、透視力が目覚めたのではないか。

佳彦の苦痛の表情に満足したのか、野崎はうっすらと微笑み、顎から手を引いた。佳彦は痛みから解放されて全身に入っていた力を抜く。喘ぐように息を吐いた。

「今でも少年は好きだよ？　でも、君に近づいたら再び逮捕されかねないから近くに寄れなくて、だから仕方なく代わりの子を探したんだ。君によく似た可愛い子を」

「佐伯瑠里花……」

「おや、よく知っているね」

野崎が器用に片方の眉を上げて揶揄した。

「でも彼女は女の子だ」

「その通り。基本的なことで間違えたんだ、僕としたことが。あまりに君に似ていたから舞い上がってしまって、確認しなかったのが痛恨のミスだったね」

「……彼女をどうしたんだ」

「ほう、興味がある？　そういえば君は最近、刑事をしている佐伯兄と付き合いがあるんだったね。捜査協力をしているんだって？」

思わず佳彦はぞっと震えた。そんなことまで知られている。

佳彦の引き攣った顔を見て、野崎は楽しそうに笑った。

「近づくのは駄目でも、君の消息は知りたいからね。あれこれと手を尽くしてるんだよ。君に恋人ができても、指を銜えて見ているだけっていうのは辛かったけれど、でも別れた彼女たちに近づいて話を聞くという楽しみはあったから」

「え⁉」

佳彦は愕然とし、野崎を凝視する。

「大丈夫、何もしていないよ？　こう見えても僕は用心深いんだ。二度と刑務所に入りたくないからね。どこをどう調べても、品行方正だよ？」

野崎は笑いながら肩を竦めた。

「君本人に関われるなら少々危ない橋を渡ってもいいけれど、代用相手にそこまで危険は冒さない。適当な所で手を打つよ」

もしかして佐伯の妹だけではなかったのか？　疑念を感じた途端、佳彦はその思いから後退る。今は考えたくない。野崎が自分にそこまで執着していたとわかっただけでも衝撃なのだ。

「それで佐伯瑠里花は……？」

敢えて冷静な声を取り繕い、目下の関心事を再び口にした。

「知りたいかね」

「ああ、知りたい」

野崎がにんまり笑う。

「教えてやらなぁい」

「……っ」

咄嗟に佳彦は野崎を睨んでいた。ふざけた物言いが許せなかったのだ。だがその態度は野崎の気に入らなかったようだ。

「そんな反抗的な態度でいいのかい？　君は自分の現状を忘れているようだ。僕は君を自由にできるんだよ。快楽を与えることも、苦痛を与えることも」

野崎はわざとらしく佳彦の頰を軽く叩く。ぞっとしたが、かろうじて顔を背けることはしなかった。そんなことをしたら、力尽くで引き戻されると学んだのだ。

「そうそう、素直でいたら僕も悪いようにはしない」

「……どうしたら、彼女のことを話してくれるんだ」

言いながら、佳彦は意識を研ぎ澄ます。次に野崎が自分に触れたとき、透視力を使うと決めたのだ。事後に欲情する危険を冒しても真実を知りたい。

だが佳彦がなんらかの決意を秘めたと察した野崎は、探るような視線を向けてきた。触ろうとしていた手を不自然に止める。透視力のことを野崎は知っているのか。いや、知らないはずだ。噂になったのは小学校までだし、そのとき野崎はまだ刑務所にいた。

「そうだな。君が進んで『あなたのものになります』と誓うとか」

誰が言うか！　と反発を覚えたが、冷静にと宥める理性でなんとか激昂を抑える。野崎が触れるように仕向けなければならないのだ。さっき触られていたときにどうして思いつかなかったのか。そのために来たはずなのに。後手後手になる自分が情けない。

「言うだけでいいのか」

「いや、言うだけならなんとでも言えるな。ふむ」

野崎は顎に手を当てて考えるふりをする。そうして佳彦を焦らしているのだ。

「自分で服を脱いで僕を誘ってくれるとか」

　佳彦は息を呑む。どうせ性的な要求をされるだろうと覚悟していたが、実際に言われるとインパクトがある。昔の記憶があるから嫌悪で身体が強張った。それでも瑠里花の消息がわかるなら耐えるべきだ、と歯を食い縛る。

「自分で脱げと言うなら、拘束を解いてくれないと」

　怯えを全力で抑え込みながら、縛られた手を示した。野崎が佳彦の顔から拘束されている手首に向かう。左右大の字に広げられて括られていた。粘着質な目にじっとりと眺められて悪寒がする。だが縛めが外されれば反撃のチャンスだ。

「いや、やめておこう。今でも自由にできるのに、条件をつける必要はないな」

　ところが野崎は、いきなり前言を翻した。愕然として野崎を見る。

「いいねえ。その顔が見られただけで僕は嬉しいよ。さてお遊びはここまでだ。せっかくのチャンス、有効利用しなくてはね。……何年もこんな光景を夢見ていたんだよ。この部屋だって君を閉じ込めるためにリフォームしたんだ。密室で防音で、ドアを閉ざしたら外からは部屋があることはわからない。今度こそ、君を永遠に拘束できるように」

　野崎の顔から優しげな微笑が消える。野獣の飢えがぎらぎらと焔立ってきた。見据えられて身体が竦む。

身体を鍛え、精神修養もしたという自負は、なんの役にも立たなかった。深く刻まれた野崎への恐怖が、心身を支配する。蛇に睨まれたカエルのようだ。しかも告げられる内容がさらに怖い。

それまで気に留める余裕もなかったが、言われて初めて視線を巡らせると、確かに窓はなく出入り口はドア一つだけ。ここで悲鳴を上げても誰にも聞こえそうもない。

ベッドも四肢を拘束できるよう四柱が伸びていて、天井には上から吊せるようになのか鎖の輪っかが埋め込まれている。

野崎が鋏(はさみ)を手にベッド脇に来たとき、佳彦はただ瞳を見開いてそれを見ていた。怯えきった身体は、硬直して動かない。

「縛っているからね。服を脱がせるのは無理だから、切り取らせてもらうよ」

動いたら怪我をするよ、と楽しそうに襟許に鋏を近づける。喉に刃先が近づき、佳彦は震え上がった。その恐怖に満ちた顔を満足そうに見てから、野崎はおもむろにじょきんと、鋭利な鋏で布を切る。続けてじょきじょきと鋏は切り進み、程なくシャツもスラックスも切り裂かれた。

刃先が肌に触れるたびに、佳彦は身を竦ませる。いつその刃先が肌を傷つけるか。残虐なところもある野崎の気まぐれは油断できない。

「おや、鳥肌が立っているよ。怖いのかな。僕がいつ鋏を突き立てるかと怯えている？」

揶揄しながら、野崎はわざと鋭い切っ先を押し当ててくる。ちくりと痛みが走り、さらに恐怖を掻き立てられた。こくりと喉を鳴らし鋏を凝視する。

「でもまあ、痛みを与えるのはあとにしよう。あまり竦み上がった身体では、こちらも楽しめないからね」

たった一枚残された下着に、野崎は鋏を向けた。

「ああ、よく育ったね」

真ん中から切り裂いて股間を露わにし、ふうんと覗き込まれた。項垂れて力のないその部分を野崎が鋏でつつく。冷たい金属の感触にそこはさらに縮こまる。抵抗できない自分が惨めだが、急所を野崎に囚われている恐怖も強い。

野崎は佳彦の身体を撫で回す。

「奇跡みたいな肌だな。少年の瑞々しさはないが、練り絹のような感触は悪くない。ずっと僕が執着してきただけはある」

言われた内容にぞっとする。自分の知らないところで粘着質に見られていたかと思うと、気持ち悪い。だが竦み上がった身体は、触られても抵抗できないのだ。

野崎は佳彦のささやかな突起を抓み、引っ張り上げる。爪を立てられて「痛い」と呻いた。

「痛いようにしているんだ。その苦しそうな顔にそそられるからね」

鋏をベッドの上に置き、両手で乳首をこね回される。野崎の手は不快なだけだ。それでも強く抓まれると乳首が充血し芯を持つ。

「素敵なアクセントだ」

赤く尖った乳首に、野崎が舌なめずりする。

胸から腹に野崎の手が伸びていった。臍を弄られその下の恥毛を梳かれた。項垂れたままの性器に野崎が目を据える。

「こんなところも君は綺麗だね。全体がピンク色で、あまり使っていないのかな」

愛おしそうに性器を撫でながら、野崎が上目遣いで聞いてくる。

「何人とヤッタ？」

「そんなこと……」

言いたくないと拒絶すると、野崎がいきなり激昂した。

「言わないと、握り潰すよ」

昴りを握った手に力を入れられる。

「二人、二人だ」

慌てて口走る。おめおめと相手の脅しに屈した自分が悔しいが、野崎がどこまで本気かわからないから、従うしかない。

「確かに、二人だったね」

納得したように頷くのを見れば、すでに知っていたのだろう。いったいどこまで調査させていたのか。気がつかなかった自分が情けなくて目眩がする。

しばらく性器を触っていた野崎だが、全く反応を示さないので面白くなかったようだ。

「そうだ、ここを飾り立ててあげよう。いつかこんな日が来ると夢見て、君用にいろいろ用意したんだ。まさか本当に使える日が来るとはね。感激だよ」

待っててと野崎は部屋を出て行った。恐怖で麻痺していた心身がほっと一息つく。竦んでいた思考力が、ようやくまともに動き出した。

鋏、ベッドに鋏がある。野崎が戻る前に鋏を手に入れられたら。

拘束されたままの身体をなんとか動かし、鋏の方に身を寄せる。手足を拘束している紐には少し遊びがあり、なんとか鋏を摑むことができた。

慎重に柄を操作して刃の部分を開く。だがそのままでは、どうやっても紐を挟めない。仕方なく肘で片方を押さえながら、紐を刃に擦りつけた。不自由な動きなので、何度も紐がずれ、いいところに当たらない。

焦りながら必死で手を動かした。片方の手だけでも自由になれば……。

だが思うようにできないでいる間に、野崎が戻ってきてしまう。佳彦はぎくりと動きを止めた。

「ほう、そうきたか。だが簡単に逃しはしないよ」

野崎は佳彦を見るなり抱えてきた箱を手近の小卓に置き、鋏を取り上げた。希望は霧散する。意気消沈して、身体の力が抜けてしまった。抵抗できないまま、肩を押され元の姿勢に戻される。

あまりに気落ちしたので、野崎が何をしているか気がつくのが遅れた。いきなり股間に冷たい感触を覚え、はっとして視線を向けると、野崎が淫蕩な笑みを浮かべていた。手にしているのは消毒薬。そして箱から出して側に置いたのはダイヤのピアスだった。

「……何をする気だ」

「ん？　言っただろ、ここに飾りをつけるんだ」

萎えた昂りの先端を、野崎がピンと弾く。

「よせ、やめろ！」

ぞっと総毛立った。敏感な場所にそんなものを着けられたら、いや着ける前に、穴を開ける段階でどれだけの激痛があるか。

「いいねえ、恐怖で引き攣ったその顔。堪能させてもらうよ」

言いながら、野崎は穴を開けるためのニードルを滅菌袋から取り出し、これ見よがしに振ってみせる。佳彦は蒼白(そうはく)になって目を見開き、野崎の手許から視線が離せなくなった。恐怖で干上がった喉から、掠れた哀願の声が漏れる。

「やめろ、やめてくれ」

野崎はその様子を楽しそうに見ながら、何度かニードルを性器に近づけてくる。そのくせすっと手を引き、なかなか事に及ばない。佳彦を震え上がらせ、怯えさせるのが目的なのだ。わかっていても野崎の望む反応を示してしまう。擦り込まれ刻まれた恐怖が佳彦の反抗を封じる。

ところがいよいよ野崎が性器を手に取り、ニードルを押し当ててきたときだ。先端に冷たい金属が触れ、反射的に身体が跳ねた。四肢にぐっと力が入ると、先ほど鋏に擦りつけていた部分がぷつりと切れた。いくらか擦り切れていたところがあったのだろう。

いきなり自由になった片方の腕を、佳彦は振り回す。そのときはまだ恐怖のあまり闇雲にだったのだが、その手が偶然野崎の顔面にヒットした。

「うわっ」

勢いがよかったのと弾みとで、野崎が後ろに尻餅をつく。呆然とする野崎を見たとき、いきなり頭が冷えた。なんだ、反撃できるじゃないかと。

それまで恐怖ばかりが詰め込まれていた頭の中に、思考力が戻ってくる。冷静に現状を把握すると、自分は十分に野崎に対抗できることに今さらながら気がついた。

しかもこれだけ時間が経てば、そろそろ佐伯が行動を起こしている頃だ。ここを持ち堪えれば、助けが来る。

佐伯の望みに反した行動をしているのに、彼が来ることに全く疑いを持たない自分に苦笑した。それだけ佐伯への信頼が深まっていたのだろう。

野崎が起き上がり、佳彦を睨む。

「何がおかしい。反抗すればどうなるか、さっきも言ったはずだ。そんなにおしおきされたいのか」

佳彦は無言で野崎が近づいてくるのを待った。

「消毒もし、きちんと滅菌されたニードルを使ってあげるつもりだったのに。自業自得だよ？　雑菌まみれのニードルで穴を開けられて、腫れたらどうなるかな、楽しみだ」

悪趣味な、と内心で眉を顰めながらも口答えせず、まだ野崎の力が及んでいるように振る舞った。そうしながら内心では意識を研ぎ澄まし、野崎が触れた瞬間に透視できるよう力を漲らせる。

野崎が床に落ちたニードルを見せつけた。わざとらしく性器に近づけてくる。一方の手が自由になっても、残りは拘束したままだから問題ないと野崎は考えたのだろう。

佳彦は瞼を伏せ怯えたふうを装った。いよいよ野崎が性器にニードルを押し当てたとき、佳彦はすっと手を伸ばして野崎の手首を摑む。剣道で鍛えた握力だ。簡単には逃がさない。

「な……っ」

野崎が驚いて顔を上げる。それへ佳彦は「佐伯瑠里花」と告げた。その名を聞くと、野崎はずるそうな笑みを浮かべる。

「君が従順でないから教えないんだよ」

いたぶることを目的に、瑠里花の消息を餌に使う卑劣さ。佳彦は憤りを込めて、言い放った。

「教えてもらう必要はない。あの子は、生きている……、生きているのか！」

思わず声が上擦った。はっきり視えたのだ、どことなく佐伯の面影がある思春期前後の女性の姿が。

「でも日本にはいない。……海外？」

佳彦の言葉に今度こそ野崎が驚愕し絶句した。

「なん……で」

集中すれば、野崎が瑠里花をどうしたかが浮かび上がってくる。それが目的で、わざと瑠里花の名前を出したのだ。

瑠里花は攫われた直後、この部屋に押し込められた。恐怖で声もでない有り様だった。野崎は瑠里花が女であることを知り、身勝手にもがっかりする。瑠里花を見る目に酷薄な色が浮かび、そのときは殺人も選択肢にあったようだ。

だがリスクが高いことを鑑みて、偽造パスポートで国外に出すことにしたらしい。

視えるまま次々に口にする佳彦に、野崎が引き攣った顔になる。怯えが浮かび、摑まれた腕をなんとか引き抜こうとしていたが、そこは佳彦も執念だ。

放せば野崎も、そして瑠里花の情報もするりと手から消えてしまう。そして今度こそどんな報復を受けるか。

佳彦が自由に動かせるのはこの手だけなのだ。それに、今は佳彦の言葉に驚愕して自失状態の野崎も、落ち着けば、まだ自分の方が優位にある、摑まれている手は片方だけで、もう一方は自由で鋏も傍らにあることに気がつくだろう。

駄目だ、気づかせてはならない。

その為にももっと野崎を呆然とさせるネタを暴かなければ。

瑠里花が生きているとわかったので、一つの懸念が消えた。今はそれを佐伯に伝えるためにも踏ん張らなくては。

「ふうん、刑務所はあんたにとってそんなに嫌なところだったんだ。二度と戻りたくないと思わせるほど……。ああ、あんた、中でやられたんだ。そうか。犯された気分を知っているわけか」

刑務所、とキーワードを言っただけで、中での生活が見通せた。野崎の記憶に強く刻まれていた屈辱を、佳彦は映像で見る。周囲が寝静まった頃、数人の男に押さえつけられてヤラレタこと。

「どうして！」

野崎が愕然と佳彦を凝視する。隠していた秘密を暴かれて、いよいよ茫然自失らしい。

「わかるよ、わたしには。あんたにされたことが原因で透視力が目覚めたんだ。どうして一般人のわたしが捜査協力なんてしていると思う？ 触れるだけで轢き逃げ犯がわかるし、過去の出来事が視えるし、こうして触っていれば、あんたのことはなんでもわかるからだ。当然刑務所での屈辱も……」

言った瞬間だった。野崎の形相が変わった。凄まじい力で腕を振り払われる。絶対に放さないと握っていたはずなのに。

「しまった」

追い詰めすぎた。死にもの狂いで自由を取り戻した野崎は、血走った目で鋏を取り上げると振りかぶる。

「余計なことをべらべらと。喋れないようにしてやる」

殺意を漲らせながら、野崎がじりじりと近づいてきた。握り締めた先で鋏の先端がぎらりと光る。背筋に震えが走り身体が凍りつく。今がまさに死の瀬戸際だ。

「佐伯、なんで来ない！　わたしを見捨てるつもりか。妹が生きていることも話してやれないじゃないか。馬鹿、まぬけ、とんま」

ぎりぎりと歯噛みしながら、佐伯を口汚く罵った。

必死に身体を動かし、少しでも野崎から遠ざかろうとしたが、所詮無駄な足掻き。それでもじっとしてなどいられない。

野崎が鋏を振り下ろしてくる。

もう駄目だ。咄嗟に自由な方の腕で顔を覆い、ぎゅっと目を閉じた、と、そのとき。

部屋のドアが弾き飛ばされて、佐伯が走り込んできた。一目でその場の状況を見て取ると、飛び込んできた勢いのまま野崎にタックルする。

「な、なんだ！」

床に引き倒され、それでも振り回していた鋏を持つ野崎の腕を、佐伯が摑む。そして、

「こんな物騒なもの、持つんじゃないぜ！」

　怒鳴りながら容赦なく腕を床に叩きつけ、鋏をもぎ取った。

「痛い、痛い……、ひーっ」

　筋を痛めたか、あるいは骨折したか。野崎がひーひー言いながら逃れようと足掻く。だが佐伯が逃がすはずもない。簡単に身体をひっくり返し、後ろに両腕を回し素早く手錠で拘束した。

「殺人未遂で現行犯逮捕する」

　どさくさに紛れて、顔も何発か殴ったようだ。

「暴れたからと言い訳がつくからな」

　言い訳がましく呟いているのがおかしかった。つい笑い声が漏れ、それが哄笑になった。自分で止められない。本当に危ないところだったから、精神がまいっているのだろう。

　野崎をおとなしくさせた佐伯は、佳彦に近寄ってきながら上着を脱いだ。ふわりとかけたあとで、その場に膝をつき、ぎゅっと抱き締めてくる。

「心臓が止まるかと思った。勝手に突っ走るのはやめてくれ。俺を殺す気か」

　切々と訴えられ、申し訳ない気持ちになる。だが佳彦だってまさかこんなことになるとは思いもしなかったのだ。

「……拘束を解いてくれないか」

そっと訴えてみる。落ち着くと、さすがに今の格好は恥ずかしい。

佐伯が身体を起こし、紐を切ってくれた。ようやく身体を起こすことができて、佳彦は佐伯がかけてくれた上着の前を掻き合わせる。縛られていた手首を撫でた。跡が残っている。暴れたせいだ。擦過傷の部分がひりひりする。

傍らに佐伯が腰を下ろし、肩を抱き寄せてきた。

「通報しなくてはならないが、どこまで話す?」

「全部そのままに。傷害、監禁、陵辱、殺人未遂、それに佐伯瑠里花を誘拐したことも、偽造パスポートで海外に連れ出したことも」

「え……!?」

口を開けたまま佐伯が絶句している。固まってしまった身体を、佳彦が優しく揺すった。

「生きているんだよ、瑠里花ちゃん。あんたによく似た顔の、思春期の少女の映像を視た。無事で、生きている。ただし国内じゃない。たぶんタイかフィリピンあたりだと思う」

「瑠里花が、生きている?」

口にしながら、まだそれが実感として伝わっていない感じだ。

「そうだ、生きてる。だからさっさと通報して、野崎の始末をするんだ。急いで迎えに行かなくては」

「迎えに……」

まだ茫然自失状態から抜けられないようだ。佳彦は嘆息し佐伯のポケットから勝手に携帯電話を取り出した。警察に電話して現行犯逮捕を告げ、ここに来てもらうよう要請した。佐伯一郎の名前で。

携帯電話を切った頃ようやく佐伯の目に光が戻ってきた。まるで今目が覚めたかのようにぶるっと頭を振り、佳彦を見る。

「透視したんだよな」

「ああ」

「だったら、その……」

佐伯が遠慮がちにちらりと佳彦の股間に視線を向ける。思わず苦笑した。瑠里花のことを気にするかと思ったら。どこか擽ったい思いがあった。

「今は平気なんだ。全力で透視したのに。こんなのは初めてだ。たぶん命の危険にさらされたストレスが、欲望を霧散させたんじゃないかと思う」

佳彦は敢えて淡々と告げた。生々しい台詞は、意識すると羞恥に悶えそうになるが、きちんと伝えておくべきことでもあった。

「大丈夫、なのか？」

「ああ。このまま収まるのか、時間差で出てくるのかはわからないが」

「……ない」

ぼそぼそと佐伯が何か言い、佳彦は「なに？」と顔を向けた。

「収まってほしくないと言ったんだ。俺があんたを抱く理由がなくなってしまう」

「……抱くのに理由がいるのか？」

「いるだろう。あんたはわけもなく男に脚を開くやつじゃない」

佳彦は俯いてふふと笑った。心の中で甘酸っぱい感情を味わう。佐伯がそんなふうに考えているとは知らなかった。好意は伝わってきていたが。

自分も佐伯のことが好きなのだろうと思う。命の瀬戸際に立たされたとき、佐伯のことしか思い浮かばなかった。

こんなときだが、いや今だからこそ、告白しておくべきだろう。床には野崎が転がったままだが、それは無視できる。

「好きだ。抱く理由としてはそれで十分だろう」

「は？」

あっさり告げた佳彦を佐伯がじっと見た。あまりに簡単に告げたから実感できなかった

のかと、もう一度言う。

「好きだ」

いきなり佐伯が顔を押さえた。何をしていると胡乱な目を向けると、大きな掌で覆いきれなかった場所が赤くなっているのがわかった。耳たぶとか頰とか項とか。

ふてぶてしい男の珍しいものを見たと佳彦が眺め入っていると「見るな」と顔を背ける。

「いや、見るだろう。その顔は写真に残したい」

「やめてくれ」

焦ったように抗議して、佐伯が素早く立ち上がった。

「あんたが着るものを取ってくる。緊急用に、車に着替えを常備しているんだ」

逃げるように部屋を出ようとするのを引き止めた。

「そっちは？　ただの奉仕活動でわたしを抱いていたのか」

佐伯がぐっと詰まる。赤い顔が青くなり、また赤くなった。それがおかしくて内心で笑いを堪えていると、唸るような声で佐伯が言う。

「好きだからに決まっているだろう」

言い捨てて、急ぎ足で行ってしまった。佐伯の後ろ姿が消えてから、佳彦はくすりと笑い、肩からはおった上着の襟をそっと撫でた。ほんのり佐伯の匂いがしている。微かな体臭とフレグランスが入り交じった好ましい香りだ。

まるで佐伯に抱かれているようで、ほっとする。上着以外何も着ていない状況も、さして気にならない。

唐突に告白してしまったが、気持ちは以前から育ってきていたと思う。出会った当初はお節介な男だと嫌悪したし、事件を持ち込んでくるのも迷惑だった。

それが、佐伯も痛みを抱えている人間だとわかり、傍若無人に振る舞っているようで細かく気を使う人間だと知った。真摯に仕事に取り組み、思いやりもある男だと認識したあたりから、自分も好意を持ち始めたのだろう。

佳彦が負担に感じていた力を利用することで、結果的に心に抱える闇を晴らしてくれた。ポジティブシンキングができるようになったのも、佐伯のおかげだ。

「好きにならないわけがないだろう」

微苦笑して呟いたときだ。野崎が恨みがましい顔を上げた。

「なんで僕じゃないんだ。男がいいなら、僕でよかったじゃないか。ずっと君のことを思ってきたのに」

その台詞には心底呆れ返った。相手を大切に想う恋心と、ただ闇雲に手に入れようとする執着心を、一緒にしてもらっては困る。

佐伯に蹴られたり殴られたりしたせいで、野崎の整った顔にも擦過傷がある。服の下には青痣もできているだろう。そう考えてもちっとも悪いとは思わない。野崎に自分がされたことの方がどれほど酷いことだったか。

二十年、彼に縛られてきた。今回も佐伯のことがなければ、精神的におかしくされていたに違いない。

佳彦は厳しく野崎を糾弾した。

「その違いがわからないなら、もう一度刑務所で教えてもらうんだな。今度は長く出てこられないぞ。再犯だから」

すると野崎は愕然としたようだ。

「刑務所！　嫌だ、入りたくない。あそこは怖い。またあんな目に遭わされるのは……」

「よく言う。そんな身勝手な劣情を、わたしに押しつけてきたのは誰だ！」

腹が立って言い募ったが、野崎には聞こえなかったようだ。「嫌だ、嫌だ」とぶつぶつ呟くばかり。

「またあんなところに入れられるより……」

佳彦ははっと野崎を注視した、そのときだ。

「俺のだから少し大きいかもしれないが」

ズボンとシャツを手に佐伯が戻ってきた。野崎の異常を察した佳彦が叫ぶ。

「野崎を止めろ！」

「は？」

わけがわからないなりに佳彦の危機感が伝わったのだろう。佐伯は素早く野崎の傍らに屈み込み、かろうじて舌を嚙もうとしていたところを阻止した。

「痛ってぇ」

咄嗟に口の中に手を突っ込んだおかげで止めることはできたが、その代わり力いっぱい嚙まれた佐伯が呻く。顎を摑み無理やり口を開かせて、布を押し込んだ。

「やれやれ」

これでもう舌は嚙めないと言いながら、佐伯が嚙まれた指を痛そうに振る。

「血が滲んでいるぜ」

ふーふーと息を吹きかけ、佳彦を振り向いた。

「何があったんだ」

取り落とした着替えを拾い上げ渡してくれながら佐伯が聞く。

「この先の予定を話してやっただけだ。刑務所に入ることになると」

手早く着替えながら佐伯に説明し、野崎の側に膝をついた。

「自分がされてそんなにも嫌なことを、あんたはわたしにしようとしたんだぞ。身勝手だとは思わないのか」

横たわったままの野崎の身体がぴくりと動いた。

「今度こそ、しっかりと更正しろ。個人的には、あんたが二度と出てこなくてもいっこうに構わないが」

冷ややかに言い放ち、野崎の顔も見ずに立ち上がる。

ようやくパトカーのサイレンが聞こえてきた。時計を見ると、ずいぶん時間がかかったように感じていたが、実際は十分も経っていない。

佐伯が開けた玄関から、警察官が雪崩れ込んできた。

それからはばたばたと事が運んでいく。野崎は引き立てられていき、佳彦は被害に遭った立場なので、そのまま病院に行くことになった。詳しい説明は佐伯が引き受け、佳彦の事情聴取は落ち着いてからということで話をつけてくれた。

今は何も話したくない気分だったので、察してくれた佐伯の配慮がありがたかった。

救急車を呼ぶより早いと、パトカーで病院まで送られる。一通りの診察が済むと一晩の入院が決まった。佳彦はトミさんに連絡して着替えや保険証を持ってきてもらう。突然の入院にトミさんは驚いたようだが、必要なものを抱えて飛んできてくれた。

「いい年をして攫われたんだよ。自分でも面目ない」

自嘲して言った佳彦に、トミさんは涙ぐんで諭した。

「でも無事にお帰りになった。それだけでわたしは嬉しいですよ。今夜はゆっくりお休みなさいな」

持ってきてもらったパジャマに手を通し、着ていたものは紙袋に入れて隅の方に置いておく。佐伯が来たときに返せばいいだろう。ぶかぶかで袖も裾も折らなければならなかったのが、少し忌々しい。


佐伯がやってきたのは、もう深夜に近い時間だった。こっそりと看護師詰め所を躱してきたようだ。それでも今日来られるとは思っていなかったので、顔を見ると自然に笑顔になる。

佐伯は疲れたようにパイプ椅子に腰を下ろした。顔には疲労の色を色濃く止めているが、その一方で表情は晴れやかだった。

「瑠里花ちゃん、わかったのか」

そうと察して聞いてみると、佐伯はすぐに表情を緩めた。

「タイにいるらしい。両親に連絡して、行ってもらうことにした」

「ん？　あんたが行くんじゃないのか？」

「瑠里花にとっては、両親の方がいいはずだ。タイの国情に詳しい国際弁護士が同行してくれることになっている。どういう状態なのか行ってみないとわからないが、預け先に連絡したところでは健康でいるらしい。きっと取り戻せると信じている。……あんたには心から礼を言いたい」

「礼なんか。それより十年会ってなかったんだろ。あんたも行った方がいいんじゃないか。ご両親も心強いだろうし」

「俺は、今こんなことを言うと薄情だと言われるかもしれないが、妹よりあんたの方が心配だ」

「え？」

「つまり、その……」

言い淀んで、佐伯はがしがしと頭を掻いた。

「……野崎に……、あんな目に遭わされたあんたを、誰が支えてくれるのかって話だ」

口籠もったのは、野崎の名前が、佳彦への打撃にならないか気にかけてくれたからしい。思いやりがじんわり身に染みる。十年経ってようやくわかった妹の安否こそが気がかりだろうに、それでも佳彦を優先してくれたことが嬉しい。

「妹には両親がいる。あんたには誰もいない。つまり恋人である俺こそが、気にかけるべきだろう？」

最後のあたりは口早に言い切って、佐伯はすっと顔を背けた。恋人と言葉にするのが照れくさかったようだ。

佳彦は無意識のまま口に手を当てていた。口許が、隠しきれない喜びで綻んでいる。だが黙っていたせいで、佐伯は不安になったようだ。

「恋人でいいんだろ。好きだと告げたし、あんたも好きだと言ってくれたんだから」

じっと見つめる佐伯を、佳彦は手招きする。緩む口許を懸命に引き締め、なんとか難しい顔を作りながら。

呼ばれた佐伯が、戸惑いながら顔を近寄せてくる。手が届くところに来たその首を、佳彦はがしっと抱え込んだ。そして自ら唇を寄せていく。

「な……、んっ、んんっ」

佐伯が何か言いかけた口をしっかり塞いで、言葉を呑み込んだ。不意を衝かれ、しばらくはされるままだった佐伯も、すぐに反撃してくる。自分から手を伸ばして佳彦の後頭部を捉え、舌を絡ませてきたのだ。

互いに貪るようにキスを交わした。

考えてみれば、気持ちが通じ合って初めてのキスだ。濃厚なものになるのは当然だし、いつまでも離れがたく思うのも当たり前。

一度唇を放し、少し息継ぎをしただけで、佐伯が再び深いキスに誘ってきた。佳彦も拒む理由はない。唾液を交換しこくりと甘露を飲み込む。甘く感じるのは気持ちが昂揚しているからだろう。

口の中の感じる場所を佐伯が次々に刺激していく。痺れるような快感が、何度も背筋を上下した。腰に血流が集まり始める。

「なんだか、夢みたいだ。あんたが俺のものになったなんて」

ちゅっちゅっと音を立てて小さなキスを繰り返しながら、佐伯がしみじみと言った。

「どうしてだ」

佳彦は今さら何を言い出すのかと、佐伯を見る。

「や、だって最初は俺を嫌っていただろう?」

「……知っていたのか」

「そりゃあ、あれだけあからさまに嫌な顔をされたらわかるさ」

「わかっていながら、よく来られたな」

佐伯が苦笑した。

「なんだか放っておけなかったんだ。綺麗な顔をしているのにどこか寂しげで、そのくせ人の手は拒んでいて。言ってみれば孤高の麗人？」

反射的に佐伯を睨みつける。

「やめろ、そんな恥ずかしい呼び方」

「言うさ。本当にそう見えたんだから」

佐伯は愛しそうに佳彦の顔を撫でる。

「この綺麗な顔を、いつも笑顔でいさせたいと思ったとき、たぶん俺はあんたに嵌まっていた……」

甘く蕩けそうな眼差しに、こちらの方が恥ずかしくなった。目を逸らし、その代わりに佐伯を引き寄せ唇を塞ぐ。

口づけながら、佐伯が身体を重ねてきた。上半身を起こしていた佳彦は、佐伯に押されるようにしてベッドにその身を横たえる。

腰が重なって、自分だけでなく佐伯も昂っているのが伝わってきた。

佐伯がはっとしたように佳彦を見る。と、いきなり佐伯が身を起こした。あっけに取られる佳彦の肩を押さえつけ、できるだけ遠ざかろうとする。

「すまん。ここが病院で、あんたは入院しているんだってことを忘れてた。いつ人が入ってくるかわからないのに」

そう言って身を引こうとする佐伯を、佳彦は引き止めた。

「さっき見回りに来たから、もう朝まで来ない」

「それは、どういう……」

「誘っているんだよ。ここは個室だしね」

佳彦は艶めかしく微笑んだ。佐伯が突っ張っていた力を抜く。再び佳彦の上に身体を重ねてきた。

「本当に大丈夫なんだな」

念を押すのは、佐伯が佳彦のことを気にかけてくれているからだろう。うっかり見られた場合、その噂だけでも、道場主で中学の臨時教諭という肩書きを持つ佳彦はまずい立場になると。その配慮は嬉しいが、佳彦も今佐伯が欲しいのだ。

「もちろんだ」

一言だけ告げて、自分からもう一度口づけを始めた。佐伯も物足りなかったのだろう、すぐさま熱心にキスに応じてきた。

佐伯が唇から顎へ、そして喉へ小さなキスを繰り返す。パジャマのボタンを外された。はらりと前を広げられ、胸が露わになる。

「綺麗な肌だ」

見るたびに言われる賛辞だ。男で肌を褒められてもと思うのに、佐伯の賛辞は心地よく聞ける。さわさわと撫でながら、唇を近づけてきた。片方の乳首を指で、もう片方を唇であやされる。

「んっ、んんっ」

先端を吸われ揉まれて、身を捩った。じんと痺れて気持ちいい。胸を突き出してもっととねだってしまう。

唾液まみれの乳首を舌で嘗めて潰し、佐伯が佳彦の呻き声を引き出した。唇が離れると濡れた部分に空気が触れて冷え、きゅっと縮こまる。今度はそちら側を指でくりくりと揉まれた。唇はもう一方の乳首を吸い始める。

胸をさんざん弄られている間に、下着の中で昂りが漲ってきた。あっという間に先走りを零し始める。

蕩けるような眼差しを向けて、佳彦は佐伯の手を股間に持っていく。

「触って……」

濡れた声で誘うと、佐伯が目の色を変えた。急いたように下着ごとパジャマのズボンを引き下ろし、現れたモノを凝視する。見られていると意識するだけで、先端にぷくりと露が浮かんだ。つーっと茎を滑り落ちていく。

「いやらしい眺めだ」

昴りの方へ屈み込みながら、佐伯が下からじっと舐めるように、半端にさらけ出された佳彦の裸体を見ている。上半身はボタンを外して開いただけ。下半身は膝までずらしただけ。淫らな肢体が佐伯の前に露わになっている。

自分がどれだけ恥ずかしい格好をしているかわかっていて、羞恥に身を捩らせながらも感じている。

一方佐伯はまだ着衣のままだ。脱いでほしくてネクタイを引っ張った。だが佐伯は首を振る。

「今日は脱がない。次のときにはちゃんとするから……」

面白くないが仕方がない。看護師はもう回ってこないはずだが、万一のときは佐伯が盾になるつもりなのだろう。

こんなスリルの中でも欲しい気持ちは微塵も揺らがないのだから、自らの貪欲さに呆れてしまう。

せめて、とシャツの上から硬い筋肉の感触を確かめた。佐伯は仕事柄普段から鍛えている。触り甲斐のあるいい身体をしていた。

佳彦が撫でると佐伯はどこか苦しそうな顔をした。

「そんなに煽るな」

「煽ってない。触っているだけ。悔しかったらそっちも触ればいい」

挑発気味に唇の端をぐいと吊り上げた。

「言ったな」

佐伯の手が昂りをピンと弾く。

「ぁ、んっ」

「これだけでも漏らすほど感じているくせに」

「言う……な。あ、ああっ」

詰ろうとしたら、佐伯が昂りにふっと息を吐きかけてきて、その刺激でふるりと震えた。

「すごい。びくびくしている」

初めてではないのに、恋人だと思いながらの交情は、肌を敏感にさせる。何をされても感じた。指先でつつっと肌を辿られてさあっと鳥肌が立つ。脚を持ち上げられ、内股の際どいところを強く吸われて、がくがくと腰を震わせた。

点々と赤い痕を残しながら、佐伯は佳彦の予期せぬ場所に愛撫を広げていく。でも一番触ってほしい昂りだけは、綺麗に避けていた。

もどかしくて自分でしようと手を伸ばしたが、あっさりと振り払われてしまう。

「佐伯……」

「一郎だ。俺の名前は一郎だ」

「……一郎、して」

掠れた声で哀願すると、佐伯の目に情欲が燃え上がった。すっと身体をずらし、切なく震えている昂りを口に含む。舌でこね回され、強く吸われるとすぐにイきかける。

が、佐伯は素早く根元を押さえ、達するのを阻んでしまった。行き場を失った快感が体内を荒れ狂う。苦しい。

佳彦は悶えながら佐伯の手を引っ掻いた。

「ど、して。イきたい、……イかせて」

「できれば一緒にイきたい。我慢できないか？」

そう言われたら、我慢するしかないではないか。力を使ったあとの後遺症なら我慢などできるわけがないが、これは違う。やれるだけやってみようと、佳彦は恨めしげに佐伯を見ながらこくりと頷いた。

佐伯に促されて、自分で自分を縛めることもした。

こちらの方がやりやすいからと、俯せにされ腰だけを高く掲げられる。尻たぶを左右に掻き分けられ、秘裂を露わにされた。

「濡らすものがないから」

と直接そこを嘗められる。

「や、嫌だ……」

さすがに羞恥で逃れようとしたが、がっちり腰を摑まれていて逃げられない。何度も嘗めて唾液を塗りつけたあとに、尖らせた舌が入ってきた。内壁を嘗められるのは異様な感覚だ。恥ずかしくて堪らないのに、興奮する。中が勝手に収縮しているのを感じた。

たっぷりと唾液を送り込んだあとで、舌の代わりに指が入ってきた。硬いそれを、佳彦の中の襞は嬉々として食い締める。

快楽の記憶が佳彦を淫らな獣に変えた。身体をくねらせて蠕動し、佐伯の指を奥まで導こうとする。だが指では中途半端な刺激にならない。そのもう少し奥に、疼いて堪らないところがあるのだ。届かない指がもどかしい。

「足りない、もっと奥、……っ、欲しい」

腰を揺らしながら佐伯を促す。淫らな声を上げながら、その実誘惑しているのだ。自分の雄を搦め捕ろうと。

指の数が増え、それでも飢えは収まらない。ぐちゅぐちゅと卑猥な水音が聞こえてくる。中が十分に潤っている証だ。

「もう、挿れて……」

自分から腰を突き出した。佐伯が指を引き抜き、自身の前を寛げる。後孔に佐伯のモノが当たった。掻き分けるようにしてじわりと侵入してくる。

入り口を通り抜けるまではきついが、中は熱くなって佐伯を待ち構えていた。一度最奥まで進んだあと引き抜き、その後は再びゆっくりと佳彦の中を擦り上げてくる。

入り口付近で腰を揺らされたり、半ばまで挿入されてから敏感な場所を小刻みに突かれたりされると、意識が飛ぶかと思うほど感じた。

必死で前を押さえているのに、それでも蜜液がぽたぽたと落ちる。咄嗟に佐伯が上着を敷いてくれたから、ベッドを汚さずに済んだ。

佐伯が感じるところばかり狙って動くものだから、声を上げ呻き、啜り泣いてしまう。恥も外聞もなかった。極彩色の快楽が佳彦を絶頂に導いていく。

佐伯が大きく腰をグラインドさせた。深く浅く、左右に揺らしたり予期せぬところで抉ったり。

「もう駄目……、あっ、っぁ……、ぁんっ」

頭も身体も蕩けきって、佐伯の愛撫をたっぷりと味わっている。激しく抽挿されて、大きく腰が揺れた。きゅうっと中を絞り上げ、一気に空高く放り上げられる。

「あぁぁぁ」

長く続く嬌声を上げて、佳彦は堪えていたモノを放出した。どくんどくんと何度も夥しい液体を撒き散らし、佐伯の上着を汚す。蠕動する内部が強く佐伯を締めつけた。

「くっ」

佐伯が深い呻き声を上げげた。同時に内部が彼の飛沫を受け止める。勢いよく放たれたものは佳彦の中で沸き立ち、佐伯がいったん腰を引くと、とどめきれずに滴り落ちていった。

佳彦の腿に、白い液体が筋を引く。

力をなくした身体を、佐伯が支えて横たわらせてくれた。

「大丈夫か?」

気遣いながら、そっと頬を撫でてくる。汗で額に張りついた髪を優しく掻き上げられた。

佳彦は潤んだ眼差しを向ける。

「大丈夫」

喘ぎ続けたせいで声は掠れているし身体はくたくたに疲れているが、幸せだ。微笑みながら手を伸ばし、佐伯を引き寄せる。

「ここが病院なのをうっかり忘れてた」

はにかみながら告げると佐伯も、

「俺もだ」

と笑った。

佐伯が身支度を済ませ、佳彦の後始末もしてくれた。体液で汚れた上着も、なんとか拭き取って着られるようにする。

「これを着ていると、あんたに抱き締められている気分になる。クリーニングに出すのが惜しいな」

くんくんと鼻を蠢かしながら言うので、「馬鹿」と甘く詰った。

「今夜はこれで引き揚げる。明日の退院は何時だ?」

「午前中にしてくれと言ってある」

「午後まで延ばせよ。そうしたら迎えに来られるから。一人で帰したくないんだ」

「わかった。変更しておく」

午前中の退院は佳彦が言ったことなので、変更はできるはず。

「だったらまた明日」

名残惜しそうにちゅっとキスをして、振り返りながら佐伯が出て行った。

部屋を出る前にこそっと左右を窺っているのがおかしい。人目を忍んでやってきたから、出るときも見つからないようにこっそりしなければならないのだ。

くすくす笑いながら、佳彦は閉じたドアを見つめていた。

決して野崎に感謝する気はないけれど、彼がいなければ佐伯と知り合うこともなかった。縁とは不思議なものだとつくづく思う。野崎の呪縛が消えれば、透視力もなくなるかもしれないが、別に構わない。そうなったらなったで、新しい生活を始めればいいのだ。

佳彦はほんのりと甘い微笑を浮かべ、幸せな眠りに落ちていった。

妹が帰ってきた！

佐伯一郎は、恋人に強く勧められ、羽田まで迎えに行ったときのことを一生忘れないだろう。六歳で行方不明になった妹は、十六歳になっていた。だが当時の面影がしっかり残っていて、一目でそれとわかった。

「瑠里花……」

名前を呼んで絶句すると、両親に挟まれていた妹も「お兄ちゃん」と小さく呟いて目を潤ませる。忘れていなかったのだ。

「よく無事で」

呟いたときは佐伯も涙ぐんでいた。恋人がこの場にいたら「鬼の目にも涙」と揶揄しただろう。決して自分は、鬼のような顔をしているつもりはないのだが。

妹ははにかみながらも精いっぱいの喜びを浮かべていた。

同行してくれた弁護士に礼を言い、そこからは親子水入らずで帰ることになる。

帰宅した妹は、真っ先に自分の部屋を見に行った。部屋は妹がいなくなったときのまま残されている。

「そのまんまだ」

呟いた妹が、懐かしそうに椅子の背凭れを撫で、机を撫でた。

「何度も夢を見たの、この家のこと。お父さんやお母さん、お兄ちゃんのことも。帰ってきたと喜んで目を開けたら、そこはまだタイで。一生帰ることはできないと思ってた」

長く喋ればアクセントが少しおかしい。言葉を探すように口籠もることもしばしばだ。日本語が不自由なのは、ずっとタイで過ごしたせいだろう。だが意思疎通には十分だ。

「瑠里花」

感無量で名前を呼ぶと、妹が振り向いた。母が妹を抱き締め、右側から父が、反対側から佐伯が肩を抱く。言葉のいらない静かな時間が流れた。

配達してもらった寿司で夕食を済ませ、風呂のあとで自分の部屋に引き取った妹を、父も母もそっと何度も様子を見に行った。

まだ彼女がここにいるのが実感として湧かないのだろう。

でも、妹は帰ってきた。これから学校に復学して、いろいろと大変なこともあるだろうが、生きていればいずれは馴染み回復していくに違いない。

妹を捜すために警察官になった佐伯にも、やっと普通の生活が戻ってくる。

十年間空しく捜し続け、ほとんど絶望視していた妹を見つけてくれたのが恋人だった。彼もまた幼い頃に攫われて、そのときに特殊な能力が目覚めたのだという。その透視力を、佐伯も事件解決のために何度か利用させてもらった。

そのたびに起きる後遺症で身体を重ねているうちに情が芽生え、好きだと思うようになるのは自然の成り行きだったろう。

つい先日の事件で互いの気持ちを確認し、今は恋人に成り立てのほやほやだ。

その彼が、断ったにもかかわらず妹を捜してくれた。力を使えば後遺症が出るとわかっていて、怯まず取り組んでくれたのだ。おかげで、この劇的な発見に繋がった。

しばらくはマスコミもうるさいだろうし、瑠里花を守る手段を両親や弁護士とも相談しなければならない。だが自分たちにとっては、これ以上ない解決だった。無事に生きている、それに勝ることはない。

十年の間娘を育ててくれていたのは、日本人に頼まれたという夫婦だ。彼らは相手が誘拐犯だとは知らなかった。お金を渡されて、必ず引き取りに来るからという言葉を信じ、預かったらしい。

タイ人の情の厚さは、いたいけな少女に惜しみなく発揮された。もらったお金がなくなっても迎えが来ない少女を、貧しい中、ちゃんと育ててくれたのだ。大家族の中でいろいろと足りないこともあったようだが、健康に育っただけでありがたいと佐伯は思う。

現地で妹に会った両親によると、妹は自分が日本人だということをちゃんと覚えていた。誘拐され、タイに送られたことも認識していたのだ。

だが幼すぎて大使館に行くことは考えつかなかったし、育ててくれたタイ人も、お金をもらったのが後ろめたくて届けられなかった。

恋人がいなければ、妹は今でもタイにいただろう。絶望に苛まれながら。

翌日、妹の迎えのために珍しく有休を取った佐伯が出勤すると、同僚がわらわらと寄ってきた。事情が知れ渡っていたせいだ。上司から詳しく話すように言われ、逮捕した容疑者、野崎学の部屋で、一般人の協力者が痕跡を見つけてくれたおかげだと説明する。

一般人が誰か、上司はよく知っている。顔を顰めながらも「そうか」と肯き、

「二度と刑務所から出したくないな」

と野崎への憤りを隠さずに言った。取り巻いていた同僚の誰もが肯いている。恋人を襲った相手でもある卑劣な犯人は、死刑にでもなればいいと佐伯も思った。

「その為にも証拠集めだ。今回の事件、過去の事件、そしてまだほかにも露見していない犯罪を探せ。洗いざらい調べだして、罰を重くしてやろう」

はい、と皆が散らばっていく。続こうとした佐伯は、上司に呼び止められた。

「もし協力を仰ぐことができるようなら、頼んでみてくれ」

そわそわと視線をさまよわせながら上司が言う。主語は使わない。暗黙の了解というやつだ。こういうところが上司のずるさだと思う。曖昧にしてあとの責任を取らない。

しかしこちらもそれにつけ込んでいる面があるので、佐伯にとってはいい上司だと言えるかもしれない。

「わかりました。これから行って頼んでみます。怪我の状況も確かめたいですから」

しゃーしゃーと恋人のところに行く許しを得る。上司は曖昧に肯き、佐伯はいつものように了解を得たと強引に解釈した。

勇んで恋人の住まいに向かう。この時間なら道場にいるかもしれない。恋人はまだ若いが、祖父から受け継いだ道場を大切に守っている。自分に特殊能力があると知ったときから、精神修養が必要だと始めたらしい。

剛毛の生えたような心臓を持っている佐伯も、恋人に会うときは胸が弾む。わくわくと玄関に立ったが、返事がない。この時間は家政婦として来てくれているトミさんも、買い物などで留守が多い。

脇の枝折り戸を通って道場に向かった。

ひょいと中を覗くと、いた！

神棚を背に結跏趺坐し、何か念じているらしい。が、佐伯の気配に目を開いた。その瞳が真っ直ぐに佐伯を捉える。長い睫だと見るたびに感慨深い。

陶器のようにつるりと滑らかな肌、傷一つなく整った顔、静謐で凛とした気配を漂わせる恋人を初めて見たとき、これは本当に人間かと思ったほどだ。あまりに綺麗すぎて、人形めいていると。

その顔が苦しそうに歪んでいたら、誰だって無視はできないだろう。絶対に声をかけて力になろうとするはずだ。

だが実際に喋ると辛辣だし、冷たいし素っ気ないし。人の弱みをずばりと突いてくることもあって、なんだこりゃといっぺんに印象が崩れた。

そんなハリネズミのように尖っている理由を知ったとき、守りたいという意識が芽生えた。悲惨な経験をした彼の過去に自分が存在していたら、全力で庇っていたと思う。

そう思ったときには、おそらくもう惹かれていたのだろう。

「……なんだ」

立ったまま黙っていたので、痺れを切らした佳彦の方から声をかけてきた。

「いや、課長があんたに頼めと言ったので」

「何を」

切れ長の目で睨まれると、ぞくぞくする。いそいそと近づいて、隣に座った。

「野崎がもっと何かやらかしてないか、聞いてこいと」

聞くなり恋人が嘆息した。

「それを調べるのがそっちの仕事だろう」

「もちろん、そのつもりだ」

上司に言われてきたが、佐伯自身は恋人を二度と野崎に関わらせるつもりはない。恋人は、もう十分傷ついている。野崎との関係で、特殊な力を目覚めさせたほど激烈なストレスに晒されたのだ。今は落ち着いていても、またどんな形でぶり返すか。

大切な恋人を苦しめるのは佐伯の本意ではない。

「だったらなんで……」

訝しげな顔になった恋人ににこりと笑ってみせた。

「上司の許可を得て恋人の顔を見に来たんだ」

言うと同時に恋人の唇に、ちゅっとキスをする。

「なっ……！」

反射的に顔を引き唇を押さえた恋人は、もう一方の手で佐伯を押し退けた。恨めしげな顔を向けてやる。

「逃げなくてもいいだろ」

「逃げるだろう、普通。昼日中、いきなりキスをしてくる相手からは。しかもなんで上司の許可なんだ。よくそんなこじつけを通したな。さっさと仕事しろ」

捲し立てるのは混乱しているからだ。その混乱ぶりも可愛いと佐伯は思う。激怒されるから絶対に言えないが。

少しの間恋人の美貌を堪能してから、佐伯は「さて」と立ち上がった。エネルギー補給が終わったからは仕事だ。

野崎を刑務所から二度と出さないために、佐伯はこれから奔走するつもりでいる。恋人の、そして妹の仇は自分の手で討つと決めているからだ。佳彦から情報を聞き出すつもりはない。

出て行く佐伯を戸惑い顔で見ていた恋人は、道場の扉を閉める瞬間、

「三人はいるはずだ。捜してあげてくれ」

と言って寄越した。佐伯は了解の印にひらりと手を振る。

おそらく野崎のものに触れたときにでも偶然視たのだろう。捜査すると告げた自分への応援のつもりかも。

突っ張っているように見えて、情が深い。

「最高の恋人だぜ」

と呟きながら、佐伯は張り切って駆け出していった。

あとがき

初めまして、こんにちは。今回のお話は、異能力を持つ人のお話です。自身の身に降りかかった苛酷な体験で能力が目覚めてしまうのですね。そしてその後遺症が「欲情」。時も場所も選ばずに発情してしまうなんて、当人にとっては迷惑そのものです。できるだけ能力を封印しておこうという気持ちにもなりますよね。でも、この力を使えば助けられる人がいる、とわかっているから使わないわけにもいかない。常に葛藤です。

そんな受様のジレンマを救うべく、颯爽と（笑）攻様登場です。使ったあと発情したら俺が面倒を見るなんて胸を叩いて、いいように受様を働かせ啼かせています。事件は解決し、えっちもし放題。あら、これって攻様にとってはかなりおいしい状況なのでは（笑）。

しかし、なんでこんな変わったお話になってしまったのか。プロットを書いたときのメモを見てみますと、過敏症、触ると敏感、潔癖症、などという言葉が連ねてありました。最初の仮タイトルも「過敏症の麗人」。どうやらすごく感じやすい人のことを書こうとしていたようです。でも出来上がったのはこれで、やや方向性が違っているような（笑）。どこで間違えたのでしょう。結局タイトルにも「過敏症」は使えませんでした（がっくり）。

と言いつつ、実はこういうお話は好物だったりします。書店で本を購入する際も、超能力とか異世界とかケモミミとかだと、つい手が出てしまいます。現実の世知辛さを忘れたいのかもしれませんね。同じようにひとときの夢を見たい同志の皆様に読んでいただけたら、と切に願っています。

さて近況、といってもほとんど家に籠もっていますので書くようなことはないのですが、少し前のこと、大寒波がやってきまして、窓の外が真っ白になりました。なんだかわくわくして長靴で散歩に行き、足跡一つないところにせっせと足跡をつけてきましたよ。小さな雪だるまも作って、はたと我に返りました。何歳だ、自分……。

でもいつまでも稚気を忘れないのは、決して悪いことではないですよね、ということにしておきます。おかげで風邪をひきましたけど（自業自得）。

担当様、こんな変わったお話にOKを出してくださって本当に嬉しいです。楽しんで書くことができました。ありがとうございました。

イラストを描いてくださった乃一ミクロ先生、主役の二人のイメージが思っていたそのままで、驚きました。絵を描かれる方の画業は本当に凄いと感じます。素敵なイラストで拙作を飾ってくださってありがとうございました。

最後に読んでくださった読者の皆様。少し変わったお話でしたが、楽しんでいただけたでしょうか。感想などいただけると、とても嬉しいです。

それではまた。どこかでお会いできますように。

橘かおる

ガッシュ文庫

慾情の鎖
（書き下ろし）

橘かおる先生・乃一ミクロ先生へのご感想・ファンレターは
〒102-8405 東京都千代田区一番町29-6
（株）海王社 ガッシュ文庫編集部気付でお送り下さい。

慾情の鎖（よくじょう くさり）

2015年3月10日初版第一刷発行

著　者　橘かおる　[たちばな　かおる]
発行人　角谷　治
発行所　株式会社 海王社
〒102-8405　東京都千代田区一番町29-6
TEL.03(3222)5119(編集部)
TEL.03(3222)3744(出版営業部)
www.kaiohsha.com
印　刷　図書印刷株式会社

ISBN978-4-7964-0689-5

KAIOHSHA　ガッシュ文庫

KAIOHSHA　ガッシュ文庫

KAIOHSHA　ガッシュ文庫

亜樹良のりかず
支配者は愛猫と戯れる
The ruler plays with a pet cat.
KAORU TACHIBANA
橘かおる
おねだりか？
可愛く鳴いたら応えてやるぞ
金花猫の血を引く冬也は、街で便利屋を営んでいる。迷子のドーベルマン探しの依頼を受けてやってきたのは豪華な邸宅。依頼主の上條は命令口調で傲慢そうで…厄介な客だと思ってたら、不覚にもマタタビと猫じゃらしで本性を暴かれた！その上「ちょうど退屈していた」と言う上條は、冬也の酩酊感を利用してエッチを仕掛けてくる。耳と尻尾を出して快感に酔いしれた後、上條が花嫁探しに下界に降りた金花猫の次期頭領だったことを知る。以来、権力をたてに昼は便利屋、夜はベッドと振り回されて…!?

KAIOHSHA　ガッシュ文庫

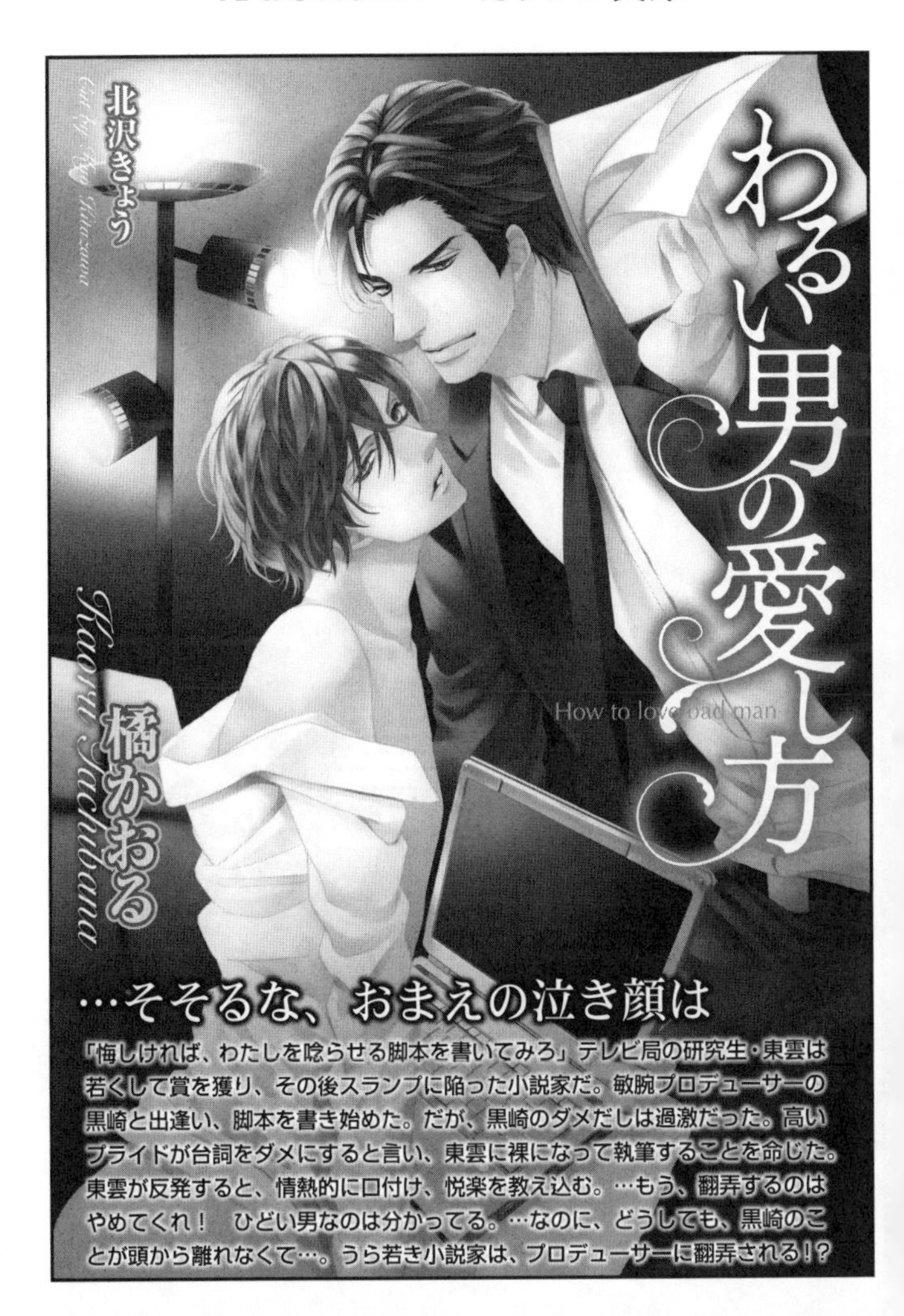

ILLUST 小山田あみ AMI OYAMADA
蒼炎
secret order
KAORU TACHIBANA 橘かおる
おいで。待ちわびたよ、
君が私の腕に堕ちるのを。
「君に許されるのはイエスだけだ」官能を呼び覚ます熱いキスに、尚人は応えることができなかった——。氷の美貌と称えられ、完璧に任務をこなしてきた要人警護のプロ貴嶋尚人に、新たな指令が下された。何者かに狙われるシュタイン大公国の後継者、公爵・ラウルのボディガードをしろというのだ。傲慢な為政者という態度で警備に非協力的なラウルに、任務の困難さを痛感する尚人。だが夜になると、戸惑う。情熱的に掻き口説く、ラウルの熱い眼差しに…。
——ボディガードは任務と恋の狭間で揺れ動く。

KAIOHSHA　橘かおるの本

黒豹の騎士 〜美しき提督の誘惑〜

イラスト／つぐら束

空を駆ける最新鋭の「黒船」を所有する傭兵の来栖牙。軍事大国アリストを訪れた牙は、海軍で艦長を務める提督・ルロイから丁重な歓迎を受ける。気位の高い大貴族出身のルロイが、ただの傭兵に対して…まるで誘惑ともとれる歓待。彼の狙いが「黒船」だとわかっていても、牙は無防備な媚態に魅せられてしまうが…？

金獅子の海賊 〜囚われる蜜の獣〜

イラスト／つぐら束

領主の寝室に囚われていたノエルは、海賊アーロンに戦利品として略奪された。美しい見かけによらない度胸を買われ、海賊船の副長を任されたノエル。けれど、ノエルには厄介な性があった。船上でその淫乱な性ゆえの騒動を無くすため、信頼の厚い船長のアーロンに抱かれたノエルだが、次第に彼の「心」も欲しいと願うようになり…。

舞踏会の夜に華は綻ぶ

イラスト／小山田あみ

子爵家の正嫡ながら、義母に虐げられてきた真。ある時、不審者に狙われる謎の男・臣を匿う。臣と触れ合い初めて恋を知った真に、突然の知らせが届く。真と義弟のどちらがより子爵の正嫡に相応しいか検分する舞踏会が開かれることが決まったのだ。すると臣は華族としての教育を受ける手筈を整え、真を迎えに来てくれて…。